O surrealismo do Bruxo

O surrealismo do Bruxo

RICARDO MACEDO DOS SANTOS

© Ricardo Macedo dos Santos, 2024
Todos os direitos desta edição reservados à Editora Labrador.

Coordenação editorial Pamela J. Oliveira
Assistência editorial Leticia Oliveira, Jaqueline Corrêa
Projeto gráfico Marina Fodra
Capa Amanda Chagas
Diagramação Nalu Rosa
Preparação de texto Maurício Kayama
Revisão Mariana Cardoso
Imagens de capa Wikimedia Commons, Freepik

Dados Internacionais de Catalogação na Publicação (CIP)
Jéssica de Oliveira Molinari - CRB-8/9852

Santos, Ricardo Macedo dos

O surrealismo do bruxo / Ricardo Macedo dos Santos.
São Paulo : Labrador, 2024.
224 p.

ISBN 978-65-5625-627-6

1. Ficção brasileira I. Título

24-2208   CDD B869.3

Índice para catálogo sistemático:
1. Ficção brasileira

Labrador
Diretor-geral Daniel Pinsky
Rua Dr. José Elias, 520, sala 1
Alto da Lapa | 05083-030 | São Paulo | SP
contato@editoralabrador.com.br | (11) 3641-7446
editoralabrador.com.br

A reprodução de qualquer parte desta obra é ilegal e configura uma apropriação indevida dos direitos intelectuais e patrimoniais do autor. A editora não é responsável pelo conteúdo deste livro. Esta é uma obra de ficção. Qualquer semelhança com nomes, pessoas, fatos ou situações da vida real será mera coincidência.

INTRODUÇÃO

*Imaginar é subir um
tom na realidade.*

Gaston Bachelard

Por um mistério, que somente o realismo mágico, ou fantástico — como querem alguns estudiosos — pode trazer à luz, Jonas, baiano de Salvador, é transladado sobrenaturalmente do bairro da Pituba para a cidade de Barbacena, em Minas Gerais, onde morava seu primo Pedro, e vai viver numa dimensão paralela absurda, lidando com personagens aleatórios de Machado de Assis.

A fusão da realidade com esse universo estranho produz histórias dentro da narrativa principal, que dialogam entre si incessantemente, criando situações distópicas.

Apropriei-me das ideias de Machado e subscrevi audaciosamente o que o Bruxo talvez gostasse de dizer, se vivesse no século XXI, à Sofia, à Maria Benedita e ao Cristiano de Almeida Palha, personagens do seu *Quincas Borba*.

PREFÁCIO

O texto que submeto ao seu julgamento, caro leitor, é pura e exagerada ficção. Choca-me relê-lo. Tive que me colocar no interior profundo de cada personagem, subtrair dele o mais real possível que pudesse encontrar na revelação da mentira. Confesso que este texto é como se eu descrevesse a história de corajosos soldados que sabem que pisaram uma mina, em terreno perigoso, e que não há mais volta além da explosão. Escrevê-lo deu-me arrepios, obrigou-me a percorrer caminhos que nunca imaginei que pudessem existir nesse gênero literário.

Procurei ser o mais fiel possível aos caminhos da imaginação, não tergiversar para que a escrita se fizesse mais complexa. Absolutamente não! Também não usei recursos poéticos para emprestar aos personagens a beleza da tonalidade ou da rima que pudessem impressionar aos leitores. Não espere encontrar poesia. Não escrevo versos. Quando os quero revelar, peço emprestado aos poetas, como fiz certa vez com Manuel Bandeira em um romance que escrevi. O que escrevo é prosa. Criei a figura de um professor universitário e dei-lhe o peso de carregar loucuras e ser enganado por elas. Assim como Gabo, na sua obra principal que lhe rendeu um Nobel, expõe um galeão espanhol fincado numa floresta de Macondo, eu trouxe a farsa do texto que ganha vida e se faz carne numa narrativa que vai muito além do limite do inverossímil. Na realidade, ao escrevê-lo, tive que exagerar, porque não havia meios de extrapolar os limites da fantasia.

Este texto introdutório não é um prefácio no estilo de Mário de Andrade, como podemos ler no seu *Pauliceia desvairada*. Este texto é mais uma preparação do leitor para selar um encontro com um novo caminho, de total imaginação, com forte dose de insanidade, que começa a partir dele. O criador de Macunaíma escrevera, certa vez, que "todo escritor acredita na valia do que escreve. Se mostra é por vaidade. Se não mostra é por vaidade também. O passado é lição para meditar, não para reproduzir". Perdoem-me a vaidade.

Vou mergulhar sem piedade nos meandros do imaginário. Vou lutar contra a força opressora do tempo circular, que vem de todos os lados. Vou relatar vidas ambíguas e contraditórias, produto do pós-moderno. A paisagem será nossa inimiga. A fuga inaudita, o único meio de libertação. O texto carrega exacerbadamente uma visão alegórica de Quincas Borba, de sua patética filosofia e de personagens que conviveram com o inexpressível e ignaro Rubião. Boa leitura!

CAPÍTULO I

*As palavras são mais
misteriosas que os fatos.*

Pierre Mac Orlan

O céu amanheceu suavemente azul, símbolo do modernismo espanhol. Rubén Darío[1] disse que o azul era, para ele, "a cor do devaneio, a cor da arte, uma cor helênica e homérica, cor oceânica e do firmamento". Mesmo diante dessa beleza indescritível do firmamento, me deitei com a impressão de que um sonho tenebroso viria transtornar o meu sono. Na verdade, foi o que aconteceu. Eu me sentia obnubilado ao acordar, queria me lembrar das estranhas variantes do sonho, das pessoas que fizeram parte dele, mas não conseguia. Sabia somente que eu havia dormido. Lamentavelmente, não sonhamos o que queremos, mas sei que ao deitarmos carregamos ideias, fatos, lembranças de leituras que fizemos durante o dia. Há pouco tempo, fui capaz de reler o romance *Quincas Borba*, de Machado de Assis, de um só fôlego.

{ 1 } Rubén Darío (1867-1916), poeta modernista nicaraguense.

Jamais imaginei que seria capaz dessa proeza. Entretanto a história, a paisagem e os personagens foram surgindo página a página, como um atropelo súbito que nos aprisiona a mente e impede que o cansaço do corpo, o arder das vistas e a vontade de descansar possam embotar a leitura do texto. Carreguei, minuto a minuto, o peso das personagens, desde os protagonistas até os coadjuvantes que foram fazendo sentido na minha imaginação. Tão logo acabou o dia, fui chegando às três páginas finais do livro, e resolvi degustá-las lentamente, como se estivesse iniciando a leitura naquele momento. Quando terminei, resolvi deitar-me e dormi. Dormi como um anjo sem asas que procura escolhidos e busca encontrar sentido na vida, já que não há como explicá-la à luz da racionalidade.

O céu de Salvador estava cinza, um autêntico *"blue day"*, como dizem os norte-americanos ao se referirem aos dias tristes. Havia vento, de intensidade forte, causando transtornos àquele amanhecer. As cortinas abriam-se desatinadas, como se fossem paraquedas. As portas da janela do meu quarto chocavam-se umas com as outras, provocando um barulho inclemente aos vizinhos que ainda dormiam. Os sinais dos silvos do vento entrando nos ouvidos me incomodavam bastante. O barulho obrigou-me a me levantar para impedir que algum objeto fosse ao chão. Consegui pôr em ordem o que havia caído, e me dirigi ao toalete. Estranhamente estava cansado. Poderia até exagerar: extremamente exausto.

Fui para o banho. A minha rotina começava ali; todavia eu me sentia muito estranho. Em minha mente, a confusão de imagens, cenas de sonhos, lembranças de Gregor, personagem de Kafka em sua *Metamorfose*, que acorda de repente no corpo de um inseto monstruoso. Enfim, minha imaginação assumia um rumo que eu sempre evitei tomar. Quem muito lê, caso não guarde afastamento da história, acaba por se travestir de alguns dos personagens. Será que eu estava passando por aquilo?

À medida que me ensaboava, eu ia revendo uma série incalculável de aspectos oriundos do meu sonho, como uma sequência de um filme, e tentava entender o que se passava pela minha mente. O pretenso pesadelo ia se irradiando em flashes nebulosos, separados e desconexos. Lembrei-me de me ter visto numa estação de trem. Havia uma linda mulher que me aparecia nesse lugar. Era morena, tinha os olhos azuis, faiscantes e irônicos. Outros fatos presentes no sonho foram agregados. Uma dúvida me intrigava: por que razão eu me encontrava incorporando visões do sonho à minha mente? Essa sensação permaneceria comigo até eu sair de casa. Eu estava suando, mesmo depois da ducha. Resolvi fixar meus pensamentos em outras questões. Pensar positivo sempre fora para mim uma bobagem, já que essa atitude pouco filosófica não alteraria em nada o que vive fora da gente. É também uma espécie de autoengano, e eu não sou favorável a essa febre de autoajuda que assola a sociedade. Para mim são táticas enganosas e hipócritas.

Surpreendentemente, embora eu tenha acordado sob um céu cinza, muita ventania, senti que o tempo havia mudado subitamente e o calor que se instalou estava sufocante. O banho não fora capaz de refrescar o meu corpo.

Geralmente, o meu café da manhã é tomado num barzinho que fica na esquina da rua onde eu moro. Vou para lá e depois, para a faculdade de letras onde sou professor.

Eu entrei no barzinho e sentei-me próximo à saída. O dono do bar me cumprimentou e uma garçonete veio me servir. Ela até já sabia o que eu iria comer. Senti o ar-condicionado bem ajustado aos quarenta e picos que embalavam o clima da Bahia.

— O mesmo de sempre, senhor Jonas?

— Sim, mas eu queria mais café do que leite.

Em realidade, eu estava com calor e sono. Pouco depois ela trouxe o café com leite, dois pãezinhos, manteiga e duas fatias generosas de queijo prato.

Comecei a tomar o café misturado ao leite, o pão estava quente e crocante como se saísse do forno àquela hora, a manteiga e o queijo completavam o que eu queria.

Súbito, um casal entrara no bar e sentou-se próximo à minha mesa. Era uma mulher linda, morena, com olhos azuis semelhantes à cor do céu, bem-vestida, e com um sorriso largo; era uma verdadeira dama. Percebi então que aquela mulher se assemelhava bastante à do sonho, da estação ferroviária. O homem que entrou com ela era bem-apessoado, usava um terno de listras finas tendendo ao grená, gravata vermelha, era bem penteado, com um sorriso juvenil em seu rosto. A mesma conclusão relativa à mulher, que eu havia mencionado anteriormente, eu tive com esse cavalheiro. O casal era realmente destoante no meio das pessoas que frequentavam o bar. Posso assegurar que era um par diferente de tudo que se possa ver no nosso dia a dia.

De repente, recebo uma chamada no meu celular. Ao observar a tela, vejo que era uma ligação de outra cidade, de Barbacena, das Minas Gerais. Aquilo me causou espanto. Atendo, e a voz do outro lado era do meu primo Pedro, com o qual muito raramente mantenho contato.

— Alô!

— Alô — respondi, um pouco curioso e preocupado. Pedro não era de me ligar, digo, nunca me ligava.

— Como vai, primo? O que houve? — continuei.

— Rapaz, você não vai acreditar. Está sentado?

— Como assim? Já não nos falamos há anos. O que aconteceu?

— Aconteceu não, está acontecendo!

— Rapaz, se for alguma brincadeira...

— Eu não brinco com coisas sérias. Diante dos meus olhos, aqui na rua, está acontecendo uma passeata.

— Ora, hoje em dia isso é muito comum.

— Sim, mas de humanitistas?

— Como? Humanitistas?

— É o que está ouvindo.

— Pedro, olha só, não há humanitistas na vida real. Como professor que é, sabe muito bem que a expressão "Humanitista", derivada da filosofia "Humanitas", foi inventada por Quincas Borba, personagem que morreu louco, de Machado de Assis, no século XIX. Justamente do livro que eu acabei de reler ontem. É literatura, Pedro! É ficção! Sei que já leu o livro e deve se lembrar do famoso slogan "Ao vencedor as batatas". Essa expressão é marcante na literatura realista de Machado. Essa marcha deve ser uma brincadeira de mau gosto.

— Pois é, mas eu estou com os olhos cravados numa passeata de dezenas e dezenas de pessoas, formada por crianças, jovens, adultos e anciãos, de todas as idades, desfilando aqui na rua principal, portando cartazes onde está escrito: "Ao vencedor as batatas".

Esse telefonema me tocou profundamente. Me desarmou. Senti algo que jamais sentira antes. Cheguei a mesclar realidade com literatura, procurando dar explicações esdrúxulas para o que estava acontecendo.

O absurdo era tanto que comecei a viajar por raciocínios inacreditáveis, uma loucura desenfreada, atribuindo àquela marcha inusitada contada por Pedro o resultado prático e insano do que Brás Cubas expõe em suas memórias póstumas. Não desmaie, caro leitor, pois eu também formulei razões tão loucas como a própria demência de Quincas. A permanência desse personagem, completamente celerado, entre a gente de Barbacena, já em seu processo irreversível de perda de juízo, durante dez meses, disseminando a ideologia do Humanitas com as pessoas ao seu redor obviamente formaria adeptos que a ele se juntariam, assumindo posturas incalculáveis, na qualidade de seguidores da filosofia humanitista, que Machado teve a coragem de elaborar na sua obra. A marcha, na minha visão desatinada, era uma foto colorida dos neurônios do "filósofo" fazendo-se reais na mente dos homens.²

Lá estava eu enveredando por raciocínios sem nenhuma lógica plausível a fim de dar sentido àquela ilusória visão de Pedro. Eu me encontrava caminhando num terreno fértil, fazendo loucuras que me passavam pela cabeça, produto de pensamentos desordenados, sem ligação alguma com a realidade, descaracterizados, frutos esotéricos da minha mente manipulada pelo Bruxo.

Para mim foi um choque. Não cheguei a terminar a conversa, desliguei o celular, e olhei ao meu redor. O casal já não estava mais ali. Chamei a garçonete e perguntei por ele.

— Que casal? — perguntou-me perplexa.

Será que o mundo dera um giro diferente e causara a mistura dos tempos remotos com os mais modernos, e embaralhara a cronologia, mesclando passado e futuro, longitudes com latitudes, confundindo distâncias, ficção com realidade, mal com o bem, verdades com equívocos?

É o que parecia, já que o que estava acontecendo parecia ser fruto exclusivo da minha imaginação.

Resolvi então equacionar logicamente os fatos para que o entendimento ficasse rigorosamente claro — tanto para mim, que estava confuso, como para vocês, leitores, que devem estar surpresos. Primeiramente, montei uma coerente paisagem. Eu estava na Bahia, eu morava ali. Por outro lado, Pedro me ligara de Barbacena, onde estava sendo realizada uma passeata com participantes adeptos do Humanitismo. Misteriosamente, foi nessa cidade que viveu e morreu

---

{ 2 } O capítulo CIX de *Memórias póstumas de Brás Cubas* já expõe os passos do processo de alienação do qual Quincas se utiliza na prática do convencimento dos seus ouvintes: "Venha para o Humanitismo, ele é o grande regaço dos espíritos, o mar eterno em que mergulhei para arrancar de lá a verdade". Imagine, caro leitor, um louco filósofo pregando ideias junto a ouvintes desprevenidos!

Rubião, personagem central do romance que eu havia terminado de reler na noite anterior.

Aspectos surpreendentes invadiam meus pensamentos naquele dia. Creia, eu não estava inventando ou banalizando o que via e sentia. Eu não estava sentado numa escrivaninha, tendo à frente um notebook onde rascunhava mentiras, querendo impressionar leitores. Eu estava vivendo uma história mística, irreal, inacreditável.

Por exemplo, que sumiço estranho o daquele casal. Por que a garçonete negou tê-lo visto? Era irracional o que eu via e ouvia. Parecia-me um sonho, e um sonho incongruente.

Entrementes, em Minas Gerais, meu primo Pedro estava diante de um desfile político-filosófico tendo como palavra de ordem a pregação do Humanitas, uma teoria primeiramente desenvolvida na obra *Memórias póstumas de Brás Cubas* e continuada dez anos depois por Machado em seu *Quincas Borba*.

De forma singular, em vez de narrar a trajetória do próprio Quincas Borba, Machado descreve a história de um medíocre professor, amigo de Borba, chamado Rubião. Antes de Quincas viajar ao Rio de Janeiro, onde morreria, fez saber a Rubião os fundamentos de sua estranha filosofia denominada de Humanitas. Surpreendentemente, para somar-se a essa bizarra manifestação do realismo mágico, ao ser aberto o testamento de Quincas, Rubião fica sabendo de que seria o herdeiro universal do filósofo.

Machado descreve cuidadosamente o montante que agora iria pertencer a Pedro Rubião de Alvarenga, com uma única exigência, a de cuidar do cão do filósofo, curiosamente homônimo de Quincas Borba. Seriam: "casas na corte, uma em Barbacena, escravos, apólices, ações do Banco do Brasil e de outras instituições, joias, dinheiro amoedado, livros". Enfim, Rubião ficaria rico de uma hora para outra.

Agora, caro leitor, como sobreviver psicologicamente a essa convivência do real com o imaginário cercado pela insanidade por todos os lados? Intertexto ou realismo mágico tem os seus limites. No tocante a mim, eu não poderia estar sujeito ao que via, precisava sair do ambiente literário e retornar rapidamente à vida como ela realmente era.

Não podia me conformar com o que passava diante dos meus olhos tentando me enganar e me martirizar. As mudanças em nossa vida têm que se adequar a um mínimo de coerência para que possamos processá-las e sujeitá-las ao nosso viver. Se não tomarmos cuidado, súbito nos assola um conflito perigoso entre o real e o imaginário, entre instantes grotescos e momentos que pensávamos sublimes e se revelam obscuros. E quais os motivos que tem a vida de nos obrigar a convivermos com essas situações esdrúxulas nas quais somos desafiados a dialogar com a imaginação adormecida em livros, presente em um lugar perdido de uma biblioteca pouco frequentada, ou numa estante que abriga obras, que sabemos que nunca serão lidas? Acresce ainda que, quando se trata de histórias de um escritor genial como Machado, é impossível rechaçar esse confronto com a realidade. Como lidar com os nossos sentimentos após sermos obrigados a conviver com o desalinho do caos a fim de chegarmos a um consenso, para não enlouquecermos? Eis a questão.

Uma coisa eu sabia. Meu coração batia descompassado e forte. Minha mão estava gélida, e ainda sentia muito medo. Fui me afastando rapidamente do local onde eu estava, olhei de novo para a garçonete, e o seu rosto estampava um sorriso jamais visto em uma pessoa real. Tudo ali era confuso e sem sentido.

Saí rápido, e não medi consequências. Eu percebia que eu não tinha tempo para fazer cálculos sobre o que poderia acontecer com esse gesto. Era a solução que eu tinha para esclarecer tudo aquilo. Na minha mente só me ocorriam pensamentos de libertação, de sair dali voando como um pássaro esgotado, driblando nuvens com suas asas curtas e pouco fiéis para um voo seguro. Retornar depois para a realidade, provavelmente ao ritmo tranquilo da vida que eu levava, antes de surgirem esses momentos irreais e insanos. Saí porta afora do bar, e corri em disparada como um celerado pela rua. Aquilo não poderia estar acontecendo comigo.

Pois bem, ao sair, e me sentir livre de tudo aquilo, daquele quadro exposto pela tela do inacreditável, me vi sem rumo.

Senti náuseas, tonturas, minha visão nublava, e me vi diante de uma igreja. Logo notei que já não era o mesmo lugar. Me deparei com uma praça, tal como vemos em gravuras ou em fotos antigas, já esmaecidas pela ação do tempo. De imediato concluí que não era mais a Bahia. Aquele lugar não era mais o solo de Caymmi ou de Jorge Amado. Salvador era apenas ilusão. Olhei para ambos os lados da rua. Onde seria aquele lugar? Olhei para o alto das casas. Me detive em contemplar por onde iria o caminho até o final daquela rua. A praça parecia bem distinta. As pessoas não tinham aquele remelexo próprio do baiano. Não havia gingado, não se podia ouvir o som de tambores, atabaques ou berimbaus. Era uma outra cultura. Não cheirava à maresia. O mundo havia mudado.

Inferi que eu havia sido transportado de Salvador, daquele bar que eu frequentava usualmente, portanto real, para um paradeiro lúgubre. Leitor, acredite, eu me encontrava agora caminhando pelas ruas da cidade de Barbacena, em pleno século XXI, tendo à minha frente agora o Museu da Loucura.

Tentei me acalmar e pude perceber, mais adiante, que havia uma aglomeração de pessoas semelhante à relatada por Pedro quando eu ainda estava em Salvador.

Era uma estranha passeata. Gente uniformizada. Gente esquisita, marchando no estilo militar. Ela prosseguia. Ouviam-se palavras de ordem oriundas da filosofia de Quincas Borba, tal como Pedro me havia relatado. Aproximei-me daquele grupo e, bastante perplexo, comecei a fazer o papel de repórter. Minhas perguntas de início se restringiam a: por que está acontecendo essa manifestação? Quem está na liderança? Aonde o grupo quer chegar? Não havia qualquer tipo de resposta. Eu me perguntava agora uma questão crucial: por que, em pleno século XXI, a filosofia do Humanitas estava sendo revivida apesar de não ter sido nem bem explicada pelo seu autor?

Todos me olhavam, seus rostos não eram de uma gente normal, dirigiam seus olhos na minha direção como se fossem me agredir a qualquer momento. Fui me afastando rápido daquele lugar, e um templo da igreja católica ergueu-se majestoso à minha frente.

Pensei em Pedro, pensei por que razão eu estava passando por aqueles momentos repletos de situações tão confusas. Pedro devia morar por ali. Todavia, por fatalidade, eu não sabia onde ele morava, e não estava com o meu celular. Para agravar ainda mais a situação, eu desconhecia o número do seu aparelho. Aquele transporte inexplicável do tempo e do espaço me isolou da minha realidade. Senti fome. Cheguei a achar estranho, pois me veio à mente a expressão de que "Humanitas tem fome", dita por Machado, através de Quincas Borba. Os meus pelos se eriçavam de susto, um medo gélido, como de abandono.

Súbito, vozes iniciaram a gritar repetidas vezes: "Ao vencedor, as batatas". Fiquei amedrontado diante daquele espetáculo nonsense. As pessoas não respondiam, caminhavam com uma certeza incompreensível. Como o inexplicável convive com o factual, notei que aquele grupo era mais uma pincelada do destino em seu mais recente quadro. Olhavam para frente, como se guerrear fossem. Havia gente nas calçadas que observava a marcha com toda atenção. Um velhinho, que estava ao meu lado, sem olhar para mim, disse-me alegre:

— Ali está o princípio.

Pois é, a minha vontade era de interromper tudo aquilo, sacar uma arma, atirar várias vezes para o alto e terminar com aquela verdadeira geringonça conceitual. Mas não tinha arma, tampouco teria coragem para levar adiante uma ideia tão torpe como aquela.

A passeata seguiu seu curso, as pessoas foram atrás, e eu fiquei ali, estático, perplexo, apavorado, tendo uma grande pergunta para responder: como eu vim parar em Barbacena?

CAPÍTULO II

[...] o que faz andar a estrada é o sonho. É o sonho que deve nos mover como seres humanos.

Mia Couto

A fome e a sede levaram-me na direção de um restaurante próximo. Não havia tomado, como queria, o café da manhã. Na realidade, eu não sabia se era manhã ou tarde. Sempre usava o celular como relógio e agora não estava com ele. Olhei para a torre da igreja. O relógio era rústico. Segundo conversas bem anteriores com Pedro, soube que era do tempo do II Império. Não acreditei que já fossem dezessete horas. Era manhã ainda quando eu me encontrava em Salvador e fui estranhamente transladado para cá. Como acreditar na passagem do tempo se o que eu estava vivendo era completamente absurdo? Seria absoluta sandice tentar encontrar coerência no que eu estava vivendo naquele momento.

O tempo havia se desencontrado na minha mente. Não tinha a menor ideia do que fiz nessas horas que passaram e das quais eu não me dei conta. A questão é que eu precisava comer e beber.

À direita da rua principal vi um bar com um bom aspecto. Resolvi entrar para conhecer o ambiente. Para minha surpresa, havia um cantor com um violão tocando bossa-nova. Dirigi-me então para um garçom e ele me conduziu a um lugar confortável, deixando o cardápio sobre a mesa.

Ao ler o cardápio, me assustei. Na parte de cima, com letras douradas, estava escrito: "Restaurante Borba".

De imediato procurei localizar o garçom. Não era possível tanto absurdo. Ele estava atendendo um cliente. Foi quando ouvi a primeira música cantada pelo rapaz que se acompanhava ao violão. "Na baixa do sapateiro encontrei um dia a morena mais frajola da Bahia." Comecei a pensar na minha terra, nas ladeiras de Salvador, no Elevador Lacerda, em Caymmi, em Gil, Caetano. Tentei de novo chamar o garçom. Ele veio.

— Pois não, senhor?

— Por favor, por que o nome deste restaurante é Borba?

— Essa é uma longa história. Eu sou novo aqui. Trabalho há pouco mais de um mês aqui, mas posso chamar uma pessoa que pode lhe ajudar. É de seu interesse que ela lhe atenda?

— Se for possível...

O garçom educadamente foi até o balcão da recepção e chamou a pessoa que iria tirar a minha dúvida. Era uma garçonete muito bonita, pele branca, de olhos azuis, cabelos negros, bem tratados, estava uniformizada, era magra, e sua roupa limpa, bem asseada. Curiosamente se parecia muito com a mulher que entrara no restaurante em Salvador. Na altura do bolso esquerdo da sua blusa havia uma placa retangular onde se lia: *Sofia*.

CAPÍTULO III

Meus pensamentos fervilhavam. Ocorriam explosões literárias, títulos que se misturavam, personagens que se agrediam, textos dissonantes, intertextualidades inadmissíveis. Pensei, em meio a esse turbilhão louco: *Sofia, a linda mulher que encantou o personagem de Machado. Mulher de Cristiano de Almeida Palha. Uma dupla que levou Rubião à ruína. E o mais inacreditável: os dois estão nas páginas de Quincas Borba, mas nunca viveram na cidade de Barbacena.* O relato machadiano os coloca pela primeira vez num trem na cidade de Vassouras, onde conhecem Rubião, quando este vai para o Rio de Janeiro. Ver Sofia em Minas Gerais contraria obviamente a narrativa do misterioso Bruxo. Era mais uma jornada a fazer pelo pensamento místico de Machado, que nos confundia, nos levava por caminhos escarpados para que neles escorregássemos e não pudéssemos compreendê-lo.

A garçonete, com uma aparência meiga, estava à minha frente. Ela me olhou assustada. Com certeza, estaria se perguntando sobre a razão de ter sido chamada pelo colega para que me atendesse. Comecei a imaginá-la como o próprio Rubião pôde ver pela primeira vez a mulher do Palha. *Que ombros! Parecem de cera; tão lisos, tão brancos! Os braços também; oh! os braços! Que bem-feitos!*

Pensei comigo enquanto ela me observava: *ela despida deveria ser assim, ou mais, bem mais linda, com sua cútis mais jovem.*

— Pois não — a garçonete falou-me, intrigada com a minha maneira de observá-la.

— Oh, me desculpe, por favor, me desculpe, mas eu estava querendo descobrir com quem você se parece.

— Tudo bem, cavalheiro. Como eu poderia ajudá-lo, além de servir-lhe, é claro?

O violão estava sendo muito bem tocado. "Eis aqui este sambinha, feito numa nota só." O som tomou todo o ambiente. Eu já nem sabia o que fazer: se ouvia a canção, ou se perguntava àquela moça informações sobre os nomes dela e daquele restaurante. Estava confuso, com uma baita enxaqueca, que sempre surgia em momentos de grande nervosismo. Enquanto eu me perguntava o que estaria fazendo em Barbacena, observava a mulher de soslaio. Aquela linda mulher em pé ao meu lado era uma entrada para lhe fazer rapidamente o pedido, porque a fome já me incomodava.

Fui bastante prático na escolha. Embora a minha intenção fosse tomar um bom café que não tomei em Salvador, resolvi pedir-lhe o prato do dia com uma garrafa de vinho tinto. Era uma bisteca bem-passada, com arroz branco e batata frita.

O violonista iniciava uma música do Clube da Esquina. Era uma obra-prima de Milton Nascimento com aquele jeito mineiro. Estar ali naquele restaurante, com o nome de Borba, tendo uma funcionária maravilhosamente linda, com o nome de Sofia, personagem de Machado, era verdadeiramente o estabelecimento da loucura total.

O violonista fez uma pausa. Ouvi da rua uma pessoa gritando:

— Humanitas tem fome!

Levantei-me assombrado e a cadeira chegou a cair para trás. Fui até a porta do restaurante e o sol veio forte contra os meus olhos. Pus a mão direita sobre a testa e olhei ao redor. Pessoas passavam, outras estavam debaixo de uma grande árvore usufruindo da sua sombra espraiada. Dei um giro de noventa graus para tentar localizar alguma coisa que me indicasse a razão daquela estranha palavra de ordem. Tudo em vão. Fiquei parado para ver se algo diferente podia acontecer. Nada, absolutamente nada. *Eu ouvira o que não fora gritado?*, me perguntava. Eu estava ficando louco! Sim, eu estava completamente mergulhado na insanidade. Eu já não conseguia entender o contexto que me envolvia junto a tudo que se passava a olhos vistos. O passado e o presente se chocavam, trocavam de lugar na minha cabeça. Eu havia ouvido com a clareza de um sol que nasce: "Humanitas tem fome". Aquela frase era de Machado de Assis. Como alguém pode tê-la dito, como força política, em pleno século XXI? Ainda fiquei por algum tempo tentando identificar alguém que pudesse ter cometido aquele disparate. Todavia em vão. Resolvi retornar para a minha mesa. Voltei e não havia nada, nem ninguém. Simplesmente nada. Havia um vazio, um lugar baldio, sem nenhuma construção. Não havia nenhum restaurante.

AQUELE DIA ESPANTOSO

Suava bastante, estava debaixo de um sol inclemente. Aquela sensação de estar alucinado, de estar mergulhado em total senilidade, chegava a fazer tremer minhas pernas e braços. Eu não conseguia atinar com nada. Era um devaneio. Devo ter sido arrebatado para uma região que já havia passado no tempo e que voltava com toda gana a se repetir. A mente de Machado de Assis voltava ressurreta em forma de fragmentos de sua literatura na minha vida com o espírito de terror.

Resolvi andar, e minha mente me inquiria incessantemente: *por que não voltas? Por que ainda continuas nesse lugar? Por que te submetes a essa contenda contra o tempo?* Olhei para o firmamento e notei que as nuvens iam ficando negras. Provavelmente a chuva não iria demorar para cair. As árvores deixavam suas folhas descerem de seus galhos e se depositarem na calçada. Umas verdes, outras já queimadas pelo clima.

Eu caminhava sobre elas, e surgia dos meus passos um barulho seco, um som crocante e misterioso, como se eu estivesse fazendo carinho com os meus pés no chão onde eu pisava.

Dobrei uma esquina, sem saber para onde iria. Não havia comércio até onde minha vista alcançava. Eram casas bem conservadas, com árvores frondosas. O vento as acariciava, mas, ao contrário das árvores por onde passei, as folhas pareciam fixas nos galhos. A fome aumentava e eu queria encontrar um restaurante ou um bar para fazer uma refeição e beber algo. Senti, de repente, medo. Como pagar minhas despesas? Pus as mãos nos bolsos. Suspirei de alívio. Encontrei dinheiro. Fui caminhando rápido. Talvez na outra rua eu pudesse encontrar algum lugar para comer. Antes de eu chegar ao final do caminho, uma mulher saiu abruptamente de uma casa e veio em direção contrária.

Tinha a pele bem clara, olhos azuis, cabelos negros, uns trinta anos aproximadamente. Quando cheguei próximo, lá estava ela. Sofia, completamente Sofia, a garçonete do restaurante que desapareceu magicamente da minha visão.

Quando ela chegou bem próximo a mim, eu sorri espantado. Ela me olhou, mas deu a impressão que não estava me reconhecendo e sua fisionomia era um misto de medo e de desprezo.

Eu a cumprimentei respeitosamente, procurando dentro de seus olhos um sinal qualquer de retribuição.

— Olá, Sofia.

— Pois não — disse-me com um olhar interrogativo.

— Não se lembra de mim? — disse-lhe, parando à sua frente.

— Perdão, senhor, de onde eu o conheço?

— Ora, Sofia, do restaurante. Não se lembra?

— Restaurante? Que restaurante?

Eu devo ter ficado pálido, porque ela me olhou como se estivesse vendo um doente à sua frente.

— Não entendo, senhor. Nunca trabalhei num restaurante.

— Trabalhou, sim — alcei o tom de voz.

— Como o senhor fala comigo dessa forma?

— Tenho que falar. Ainda há pouco eu entrei num restaurante, e lá estava a senhora trabalhando. Seu nome não é Sofia? Pois é, foi lá que eu soube do seu nome.

— Bem, sim, meu nome é Sofia, mas eu não o conheço e nunca o vi. Por favor, me dê licença, que eu quero passar.

Sofia, ou sei lá quem era, estava com o rosto corado, mostrando indignação, apressando seus passos, e eu ali parado, perplexo, admirando o seu lindo corpo que se distanciava. Desviei o olhar para o lado direito da rua e, à minha frente, o letreiro: *Museu da Loucura*.

CAPÍTULO IV

O susto que passei com aquela mulher, e a visão do prédio do museu abrigando histórias de um passado triste de pessoas com doenças mentais, que muito sofreram naquela cidade, me causaram curiosidade. Resolvi começar a conhecer e a desvendar a geografia daquele lugar. Entrei naquele estranhíssimo prédio, no qual estavam armazenadas histórias de todo um passado de suplício, sofrimento e desgraça. Embora estivesse com bastante fome, resolvi ceder à curiosidade de conhecer o museu. Nesse ínterim, minha mente me induzia a lutar contra o que estava presente no que estava vivendo. *Por que não deixava aquele lugar e voltava para Salvador?* Não conseguia responder. Aqueles questionamentos internos me exasperavam a ponto de eu entrar célere naquele lugar para ficar livre dessa luta interior. Estava com fome, e, embora não seja afeto a visitar museus, resolvi conhecer o seu acervo. Era um local predominantemente composto de fotos e peças de tempos remotos em que abrigara pessoas consideradas loucas, que foram cruelmente tratadas sem o mínimo respeito aos seus direitos.

Fui caminhando nos corredores frios daquele lugar. Sempre fui contrário a que se expusesse o ser humano ou suas lembranças ao conhecimento público. Aquele lugar era um absurdo. Resolvi sair dali o quanto antes bastante constrangido.

Vários relâmpagos e raios exibiam com clarões a parte externa do Museu. Um forte temporal se avizinhava, sendo secundado por uma incontrolável ventania.

— Posso ajudá-lo? — ouvi de um servidor do Museu. Ele se encontrava parado atrás de mim. Virei-me e lhe respondi:

— Muito obrigado. Já estou de saída neste instante.

— Mas eu estava observando o senhor. Vi que mal entrou no Museu. Se o senhor quiser, poderei conduzi-lo pelas diversas salas onde está nosso principal acervo. Meu nome é Rubião. Pedro Rubião de Alvarenga, mas, se quiser, pode me chamar também de Rubião José de Castro, que foi outro nome com o qual o Bruxo me nomeou. Disse isso e sorriu ironicamente.

CAPÍTULO V

Tudo conspirava contra a minha razão. O nome do principal personagem de Quincas Borba estar ali, gerenciando o Museu da Loucura, era o maior absurdo que me poderia surgir diante de tantos disparates que assolavam de repente a minha vida.

Veio logo à minha mente a tela *O Grito*, de Edvard Munch. Ali se encontra talvez a obra expressionista mais famosa que incorpora os sentimentos de angústia e desespero do ser humano. Como conviver com tudo aquilo? A fuga do homem na ponte, sua acentuada desesperança, seu rosto transformado, exprimindo horror, agonia, solidão, insulamento. O nome de Rubião pronunciado por aquele homem no interior do Museu não foi somente para mim um enorme embaraço, mas revelou-me cabalmente que eu estava inteiramente perdido, a realidade havia fugido da minha vida, sem falar do insulto ao bom senso. Tive que sair daquele local sem olhar para os lados, sem olhar para trás. Eu queria sumir, desafiar a física, exterminar a lei da gravidade, voltar a Salvador e esquecer tanta insanidade. Mas como? Não sabia para onde me dirigir, e, além do mais, deveria procurar meu primo Pedro. Talvez fosse ele, através do seu gesto místico, o causador dessa tragédia.

Eu já nem ligava mais para a minha fome, para os momentos de circunstâncias inverossímeis pelas quais eu estava passando.

Uma coisa, no entanto, não deixava meu pensamento: aquele homem disse ser Rubião. Mas o que fazer? A realidade feriu o meu raciocínio, alterou o meu equilíbrio emocional. Eu já não encontrava respostas plausíveis para nada.

A fome me assolava. Resolvi continuar procurando uma lanchonete ou mesmo um bar para poder comer e beber qualquer coisa. Fui caminhando sem uma direção certa. Tudo me cheirava a novidade. Um pouco mais à frente, havia uma banca de jornais, de aspecto antigo, abarrotada de jornais e revistas. Aquilo me surpreendeu, me deixou curioso, e me aproximei. O jornaleiro estava sentado, organizando as revistas de maneira vertical. Resolvi então perguntar-lhe como eu poderia encontrar um lugar para matar aquela fome que me matava. O jornaleiro estava sentado dentro da banca e me olhou tão logo eu surgi à sua frente.

Ele me indicou o lugar e eu parti para lá. Era um boteco. Um lugar limpo, mas boteco. Comi um sanduíche de carne e bebi uma cerveja. Foi um alívio. Saí do barzinho com uma preguiça deliciosa. Eu estava sem ideias. *O que eu faria agora? Para onde eu iria? Como voltar para Salvador?* As perguntas que me fiz me ajudaram com uma resposta: *por que não ler os jornais? Por que não me inteirar do que estava acontecendo?* Provavelmente eu chegaria a uma conclusão que talvez pudesse me acalmar.

A ideia de ler os jornais para saber o que era todo aquele desvario encheu-me de esperança.

Voltei à banca de jornais. Agradeci ao jornaleiro a boa indicação do boteco e fui olhar os jornais que estavam expostos do lado direito da banca.

Eram periódicos antigos: *O Jornal, Correio da manhã, Última hora, Diário de notícias,* e ainda *O Pasquim.* Um pouco separado, estava exposto o *Correio de Barbacena.*

Meu coração batia com força. Receei ter um infarto. Minhas mãos começaram a ficar geladas. Não era possível eu estar vendo jornais que já não existiam mais.

Fui para o outro lado da banca e lá estavam revistas semanais: *O Cruzeiro*, *Manchete* e *Fatos & Fotos*. Periódicos que já não mais circulavam.

Resolvi voltar aos jornais e ler as manchetes do *Correio de Barbacena*. Talvez, através do jornal da cidade, eu pudesse ter uma visão mais ampla do que acontecia. Comecei a percorrer as notícias e lá estava em caixa alta: MORRE QUINCAS BORBA NO RIO DE JANEIRO.

Minhas mãos gelaram completamente. Foi como um choque que passava por toda a corrente sanguínea. Era loucura pensar, mas o que eu estava sentindo na temperatura do meu corpo parecia me indicar que o sangue arterial estaria se mesclando ao venoso. Minhas pernas tremiam como varas verdes. Parecia que eu ia explodir. Voltei a ler o jornal. Abaixo do título sobre a morte de Borba, estava escrito o seguinte texto:

"Poucos dias antes de falecer, o filósofo Quincas Borba escrevera uma missiva para seu ajudante Rubião nos seguintes termos:

Você há de ter estranhado o meu silêncio. Não lhe tenho escrito por certos motivos particulares etc. Voltarei breve; mas quero comunicar-lhe desde já um negócio reservado, reservadíssimo.

Quem sou eu, Rubião? Sou Santo Agostinho. Sei que há de sorrir, porque você é um ignaro, Rubião; a nossa intimidade permitia-me dizer palavra mais crua, mas faço-lhe esta concessão, que é a última. Ignaro!

Ouça, ignaro. Sou Santo Agostinho; descobri isto anteontem: ouça e cale-se. Tudo coincide nas nossas vidas. O santo e eu passamos uma parte do tempo nos deleites e na heresia, porque eu considero heresia tudo o que não é a minha doutrina de Humanitas; ambos furtamos, ele, em pequeno, umas peras de Cartago, eu, já rapaz, um relógio do meu amigo Brás Cubas. Nossas mães eram religiosas e castas. Enfim, ele pensava, como eu, que tudo que existe é bom, e assim o demonstra no capítulo XVI, livro VII das Confissões, com a diferença que, para ele, o mal é um desvio da vontade, ilusão própria de um século atrasado, concessão ao erro, pois que o *mal* nem mesmo existe, e só a primeira afirmação é verdadeira; todas as cousas são boas, omnia bona, e adeus

Adeus, ignaro. Não contes a ninguém o que te acabo de confiar se não queres perder as orelhas. Cala-te, guarda, e agradece a boa fortuna de ter por amigo um grande homem, como eu, embora não me compreendas. Hás de compreender-me. Logo que tornar a Barbacena, dar-te-ei em termos explicados, simples, adequados ao entendimento de um asno, a verdadeira noção do grande homem. Adeus, lembranças ao meu pobre Quincas Borba. Não esqueças de lhe dar leite; leite e banhos; adeus, adeus... Teu do coração. Quincas Borba".

O jornal, a seguir, relatava a morte de Quincas:

"Faleceu ontem o Sr. Joaquim Borba dos Santos, tendo suportado a moléstia com singular filosofia. Era homem de muito saber, e cansava-se em batalhar contra esse pessimismo amarelo e enfezado que ainda nos há de chegar aqui um dia; é a moléstia do século. A última palavra dele foi que a dor era uma ilusão, e que Pangloss não era tão tolo como o inculcou Voltaire... Já então delirava. Deixa muitos bens. O testamento está em Barbacena."

Dei a volta ao redor da banca de jornais e fui trêmulo comentar com o jornaleiro o que eu tinha visto e lido. Perguntei-lhe:

— Por favor, o senhor pode me explicar o porquê desses jornais estarem ainda expostos, já que não são mais publicados há muitas dezenas de anos?

— Como não existem mais? — perguntou-me o jornaleiro.

— Ora, meu amigo, *O Jornal, Correio da Manhã, O Pasquim* etc. são jornais do século XX e foram fechados ou pela ditadura militar ou por problemas de gestão.

— Não compreendo, senhor. Onde o senhor viu tais jornais?

Não pude me conter e gargalhei nervosamente. Ele me olhava como se eu fosse um louco que chegasse ali para zombar do seu trabalho.

— Ali — apontei para o lugar onde vi os jornais expostos.

O jornaleiro levantou-se, mostrando-se irritado, abriu a porta da banca onde estivera sentado, e dirigiu-se para o lado onde eu havia visto os jornais. Fiquei observando os movimentos do jornaleiro e nem me mexi para acompanhá-lo. Esperei que ele observasse o que eu havia comentado.

— Onde, senhor? Aqui somente há dois jornais. Um é do Rio de Janeiro e outro de São Paulo. Venha ver.

Encaminhei-me na direção do jornaleiro.

— Mas eu cheguei a ler uma notícia no *Correio de Barbacena* — atalhei perplexo.

— *Correio de Barbacena*? Impossível. Esse jornal foi fechado lá pelos idos de mil novecentos e trinta. Foi Getúlio Vargas que o fechou.

Olhei sobressaltado para aquele homem, fiquei totalmente confuso, pois não encontrava explicação para tudo que me estava acontecendo. Da maneira como o jornaleiro me olhava, eu deveria estar sendo visto como um louco varrido, que saíra não sei de que lugar, e que estaria causando um verdadeiro caos naquele dia quente e nublado. Com certeza, ele não conseguia escolher um termo mais adequado e suave para me descrever: um energúmeno. Se eu lhe contasse de onde eu vim, e que o meio mágico foi através de um transporte inexplicável pelo tempo, o jornaleiro poderia até sofrer uma apoplexia. Mas não, resolvi me despedir e caminhar para outro local, onde eu pudesse me matar e acabar com tudo.

Comecei a ter pensamentos horríveis. De que nunca mais eu voltaria a Salvador, e que nunca mais encontraria meus amigos professores. O único jeito era acabar de vez com a minha vida.

O jornaleiro me olhava assustado, como se eu fosse um completo imbecil. Eu não tinha mais argumentos e forças para desenvolver qualquer tipo de raciocínio lógico. Resolvi me afastar dali. Virei as costas para o jornaleiro e sua banca misteriosa e comecei a andar a esmo. Estava desorientado. Para onde ir? Em que rua entrar? Quem me poderia ajudar? Pensamentos horríveis assolavam a minha mente. Cheguei até a pensar em me lançar na frente de um ônibus que surgisse no início da rua em alta velocidade. Sim, pensei, a única saída estava ali. Sair do cenário real para entrar no paraíso. Mas nada ali era real. À medida que um ônibus estava se aproximando, aumentava o medo da morte. Não conseguiria me suicidar. Vi que havia um ponto de parada de ônibus a uns cinquenta metros dali. O ônibus foi reduzindo a velocidade e parou no ponto. Saltou um rapaz que talvez tivesse minha idade. Ele vinha caminhando na minha direção. Tinha boa aparência e se vestia bem. Uma calvície precoce começava a deixar entradas nos dois lados da cabeça. Ele olhou nos meus olhos querendo identificar-me, abriu um longo sorriso e veio me dar um abraço. Eu intuitivamente fiz o mesmo.

— Pedro! — exclamei após reconhecê-lo.

— Sim, primo. Como estás mudado. Parece que rejuvenesceste.

Abraçamo-nos abertamente, já que não nos víamos há muito. Os nossos sorrisos adornaram aquele encontro como flores que nascem em jardins bem tratados.

— Rapaz, que estás fazendo aqui em Barbacena? Nem para me avisar que virias. Um simples telefonema...

— Sim, depois que me ligaste e tive de desligar, aconteceram tantos fatos que nem te conto.

— Eu te liguei?

— Sim, claro. Me falaste sobre uma passeata de seguidores da filosofia humanitista que estava ocorrendo aqui em Barbacena.

— Humanitista? Que história é essa?

— Espera aí, espera aí, Pedro. Não me deixe mais louco do que já estou.

— Como assim? Eu não falo com você há muito tempo. E que história é essa de passeata de humanitistas?

Eu estava vivendo um outro pesadelo. Era uma série interminável de vivências grotescas me conduzindo à loucura. *Estaria em outra esfera do universo? Seria uma outra dimensão do imaginário? Ou teria eu sido incorporado à atemporalidade?* Já começava a ter certeza do absurdo que virou a minha vida. Uma realidade mágica agregada ao pensamento de um louco. E esse louco era eu. Ou, então, eu estaria morto. Sim, provavelmente eu estava morto, já apodrecendo tudo o que restou, se é que restou, em alucinações da mente que se foi e que ainda lutava para não deixar o corpo que jazia sem vida num festival de absurdos.

Seria falso tudo o que estou relatando para ti, caro leitor? Se tu prossegue lendo o que aqui escrevi, podes te enredar em caminhos tortuosos que produzirão confusões em tua alma. Então, cuidado em suas reflexões.

Pensei até que eu poderia estar numa UTI qualquer de um hospital, completamente fora de mim.

— Pedro, me ajuda, por favor. O que está passando comigo?

— Ora, não sei que história é essa. Gostaria imensamente de te prestar ajuda, mas a sua narrativa não tem sentido nenhum. Eu nunca poderia imaginar que irias chegar aqui em Barbacena e falar essas coisas todas sem nexo.

— Pedro, só quero que acredite que tudo isso que te falei aconteceu comigo e ainda está acontecendo. Estou vivendo em um labirinto estranho e confuso, num mundo paralelo, como é todo labirinto. Estou numa ciranda de atos e fatos. Passado e presente circulam pela minha vida como se de mim estivessem abusando.

— Vamos fazer o seguinte: Já são quase oito da noite. Vamos lá em casa, conversaremos sobre o assunto, você conhecerá minha esposa e jantamos. Certo?

— Sim. Para ser sincero, hoje só comi um sanduíche.

— Pois bem, daqui à minha casa é um pulo. São pouco mais de quinhentos metros. Jantamos e depois você poderá, se quiser, dormir também. Há um quarto disponível. Onde está a sua mala?

— Que mala, Pedro? Eu não tenho mala. Foi algo não físico que me trouxe até aqui.

Senti uma forte irritação no rosto de Pedro, duvidando de tudo o que eu lhe havia contado. Afinal, pensei, se nem eu mesmo estava acreditando em tudo aquilo que estava acontecendo, como eu iria querer que Pedro acreditasse?

— Tudo bem — disse Pedro com um muxoxo. Vamos até lá.

CAPÍTULO VI

—•›❯ ❮‹•—

Fomos ao apartamento de meu primo. Caminhamos do ponto de ônibus até um condomínio moderno. Havia quatro pilastras enormes que sustentavam o edifício, dando-lhe um ar vanguardista. Eu estava surpreso diante de uma arquitetura moderna em uma cidade pequena. Entramos no prédio composto por dez andares. O porteiro, com um sorriso amistoso, nos cumprimentou. Pedro morava no terceiro andar. Entramos no elevador social juntamente com um vizinho dele. Ele nos saudou e marcou o oitavo andar como destino. O elevador deu sinal quando chegamos ao terceiro piso, a porta se abriu, nos despedimos, e saímos, Pedro e eu, pelo corredor. O apartamento de Pedro ficava à esquerda. Paramos diante da porta suntuosa de cerejeira. Havia um tapete à porta onde se lia: SEJA BENVINDO. Era um erro crasso cometido contra o idioma, mas as pessoas o cometem desde que as mensagens existem. Falei com Pedro. Ele riu e completou:

— Afinal, para que serve um tapete? É só para limpar a sola dos sapatos.

Vindo de um professor de português, me causou espécie, mas, em um mundo fantástico como aquele em que vivíamos, nada a ponderar.

Pedro introduziu sua chave na fechadura, a porta se abriu, e um clarão se fez à nossa frente. Parecia que o sol se abria pleno, de repente majestoso, e quis ocupar todos os espaços daquele lado da rua. Pedro até se assustou e gritou o nome de sua esposa:

— Sofia!!!

Todo o meu corpo estremeceu. Mais uma vez eu estava passando por outra visão mágica. Aquele nome! O mesmo nome! Seria a mesma mulher?

Fomos entrando e, à medida que eu era conduzido para o interior do apartamento, ia observando como era confortável aquele lugar. Havia grupos estofados margeando toda a sala. Na parede, sobre o sofá principal, uma tela de um pintor moderno, que rubricara a sua obra com um garrancho pouco legível. Havia uma série de pinceladas em branco e negro com um redemoinho amarelo e vermelho ao centro. Eu senti naquele quadro angústia, caminhos revoltos, pensamentos em debandada, que voltavam em rodas perdidas.

— Olá, boa noite!

Era ela. Ali à minha frente. Morena, com um colo perfeito. Pele macia, sem sinais, viçosa, uma brancura angelical. Cabelos indescritíveis. Olhos azuis que riam como se sentissem prazer. Sobrancelhas cheias, mas alinhadas geometricamente. Seu rosto rosado como se exigisse beijos para que se sentisse o seu calor. Era Sofia. A Sofia do restaurante. A Sofia do encontro fortuito na rua. Sem dúvidas, era a Sofia de Machado.

Eu estava estático, imóvel, sem voz, com um olhar embasbacado, tendo diante de mim uma deusa, uma navegante das viagens dos meus pesadelos, da ilusão da vida, da mentira que permeia a imaginação.

Sofia me olhava com ingenuidade, querendo preencher aquele silêncio que se fez na sala com sua brandura e beleza.

Eu não sabia o que dizer. Não podia novamente cair na mesma armadilha de outras situações. Resolvi mentir. Optei por ignorar tudo aquilo que estava acontecendo e construir uma fábula como se eu a estivesse vivendo, assumindo novos fatos, novas referências. Dali em diante, Sofia era uma nova conhecida: a esposa do meu primo — a minha prima.

Diante de Sofia, eu me sentia menor, tal como um menino que encontrava seu primeiro amor. Aquele sentimento deveria estar encoberto. Nem ela poderia pressentir como estava revirando o meu coração. Ela possuía um olhar singelo, com um sorriso indescritível. Eu percebia que tudo nela era precavido, antecipado, para que sua beleza não manifestasse qualquer tipo de abertura para os desejos de algum homem que se envolvesse com a sua beleza.

Eu estava no meio da sala, portando um olhar etéreo, envergonhado, desprevenido, percebendo que nenhuma linha ou ruga havia começado a se desenhar na testa daquela mulher, embora o tempo passasse igualmente para todos.

A presença dela me deixava com meus lábios lívidos, e meu rosto ruborizado. Entretanto eu tentava corrigir aqueles sentimentos imperdoáveis. Afinal, Sofia era a esposa do meu primo. Eu devia ter civilidade, e ser extremamente respeitoso com ela, embora vivêssemos situações irreais.

— Olá, Sofia. É um grande prazer conhecê-la. Desculpe-me interferir na privacidade de vocês.

— Ora, fico feliz em conhecê-lo. Você não compareceu ao nosso casamento, mas tempo é um rudimento, não pode atrapalhar nossa amizade. Terei imenso prazer em jantarmos juntos e nos conhecermos melhor.

— E foi uma coincidência inacreditável eu e Pedro nos termos encontrado num ponto de ônibus.

— Sofia — disse Pedro —, nosso primo Jonas aqui é bastante inventivo. Ele brinca com a realidade, fazendo dela piadas. Imagine que...

— Ora, primo, vamos falar de vocês, como se conheceram, há quanto tempo estão casados — atalhei como um raio.

— Está bem — disse Sofia — Estamos casados há três anos. Nos conhecemos numa festa de aniversário. Sabe como são as coisas. Ele me olhou, eu o olhei, nossos olhos se encontraram e nossos corações se fecharam num círculo, feito uma aliança.

— Que lindo simbolismo para o amor — atalhei.

— Sofia é professora — completou Pedro —, mas não exerce o magistério por enquanto. Concordamos em que ela ficasse entregue à gestão da casa. Além disso, queremos ter um filho e o trabalho obviamente iria tirar-lhe a possibilidade de dar atenção à criança.

— Sério? Parabéns, primo. Ter ao lado uma companheira com esses atributos torna a vida mais deleitosa e enriquecedora.

— Bem, temos planos para construir uma família, e estou certo de que atingiremos esse objetivo. Afinal, é o desejo de todo casal que se ama.

— Perfeito. Já têm nome para o pimpolho?

— Ora, eu imagino Joaquim, mas se for do sexo feminino ainda não fizemos escolha.

Ouvi aquela voz com meu peito em violenta taquicardia. Sofia estava descrevendo o nascimento de uma vida. Como uma ideia poderia gerar crianças? Como um personagem de Machado poderia dar à luz um filho do meu primo, este, sim, verdadeiro e de carne e osso?

Decidi abortar qualquer julgamento que pudesse causar danos ao meu sistema nervoso. Adotei a simulação como arma para poder resistir àquela loucura.

CAPÍTULO VII

—•≫ ≪•—

Pedro resolveu tomar banho e Sofia pediu licença para preparar alguma coisa para comermos. Eu estava em pé, deslumbrado com aquele lugar. Cheguei mais perto da tela, andei um pouco pelos outros cantos do sofá e caminhei até a varanda; pouca gente passava na rua. Olhei para as sacadas dos outros apartamentos. De repente, à minha esquerda, vindo do alto, um corpo se lançava ao espaço. Um grito lancinante acompanhava a queda do vizinho de Pedro:

— *JOOOONAAS!* — era incrível, mas era o meu nome que o suicida gritava antes de cair estendido sobre a calçada do prédio.

Ouviu-se um baque abafado quando o corpo se chocou contra o solo e os pedestres deram início a uma gritaria geral.

Entrei imediatamente na sala ao mesmo tempo que Pedro saía do banheiro enrolado em uma toalha, e Sofia quase esbarrou comigo ao querer ir até a varanda ver o que havia acontecido.

— Um rapaz se jogou do andar de cima aqui do prédio.

Fiquei calado, trêmulo, mesmo sabendo que tudo o que acontecia era fruto de magia que eu não conseguia discernir, tampouco explicar.

— Meu Deus — disse Sofia aflita —, quem será?

Pedro foi até a varanda seguido de Sofia. Eu aguardei na sala. Não queria ver nada daquela tragédia.

— Nós subimos com ele no elevador — Pedro exclamou.

Eu me desesperava, ouvindo ainda o meu nome sendo reverberado nos meus ouvidos por aquele rapaz suicida.

— Que desgraça — disse chorando Sofia.

— Vocês o conheciam bem? — perguntei para eles.

— Não, muito pouco. Diziam que ele tinha um temperamento muito fechado em razão de um infortúnio quando era mais jovem.

Passado algum tempo, o prédio foi tomado por pessoas estranhas, por policiais que subiram até o oitavo andar, onde a vítima residia. A chegada de um rabecão fez aumentar a multidão lá embaixo. Com a saída do carro fúnebre levando o corpo daquela pobre criatura, as pessoas foram se afastando, permanecendo apenas moradores do prédio e de outros condomínios vizinhos.

No apartamento do suicida, a polícia revirava tudo. Comentei com meu primo se eu não teria que depor, já que eu presenciei a queda do rapaz.

Pedro ficou sem saber o que responder. Ele sabia muito bem que, se eu me envolvesse, ele e Sofia também seriam arrolados no caso.

— Bem — disse Pedro, mostrando muita preocupação —, você não passou de um mero observador. Em que você poderia contribuir para a polícia? Não foi um assassinato, foi um suicídio. A não ser que ela o convoque.

— Mas, Pedro, se eles me perguntarem, eu não poderei me omitir. Eu vi o corpo do sujeito passando em frente a mim, varando o espaço.

Sofia, pálida, mas inteiramente linda, notou claramente que nossos ânimos estavam se exaltando, e resolveu intervir na discussão.

— Pedro, acho que seu primo tem razão. Vamos esperar para ver qual será a linha de investigação da polícia.

Houve um silêncio entre nós três. Meu estômago roncava de fome. Eu estava mergulhado em indagações, fora da minha terra por forças estranhas, sem mala, sem roupa, com pouquíssimo dinheiro, sem respostas para nada do que estava acontecendo.

— Tem razão, Sofia — disse Pedro. — Aguardemos o desenrolar desse imbróglio.

— Bem, eu sei que estamos impactados por essa tragédia lamentável, mas bem que podíamos comer alguma coisa.

Já eram quase nove da noite. Essa refeição sugerida por Sofia veio bem a calhar.

O tempo, que já não estava muito firme durante o dia, resolveu se instabilizar rapidamente. Raios, relâmpagos e um temporal de grandes proporções começaram a se manifestar. Era um vento que provocava assovios nas frestas das janelas dos apartamentos, gerando preocupação aos moradores. Um tipo raro de granizo, como pedras geometricamente produzidas pelas nuvens, que não mais as suportavam, começou a desabar. Era um barulho compassado e estridente.

Sofia foi fechar a porta da varanda, mas, assim mesmo, não impediu que a chuva molhasse uma parte do assoalho da sala. Esteve ali por uns bons momentos sozinha, inclinada um pouco para fora e escondida entre as sombras que fazia a cortina.

Eu comecei a me perguntar: *Caramba! Até a natureza está revoltada comigo. E agora, o que eu iria fazer? Ficaria retido naquele apartamento?* A rua principal talvez já estivesse alagada. Meu primo, sentado a um canto da sala, deveria estar pensando a mesma coisa: o que fazer com esse sujeito?

Sofia foi à cozinha para dar continuidade ao preparo de algo para o jantar. Caminhava compassadamente, com aquelas pernas roliças e fortes. Aquela personagem parecia ser real, me causava sensações, me induzia a pensar coisas impublicáveis. Seu vestido alisava suas coxas e seu encanto ia marcando o lugar por onde ela passava. Sumiu no corredor que dava para a cozinha.

A chuva caía cada vez mais intensamente, e, sem nenhuma explicação plausível, o silêncio entre mim e Pedro se tornava mais profundo.

Aquela forte chuva produziu enormes estragos em Barbacena, conforme a edição extraordinária do jornal da TV que Pedro havia ligado durante o pequeno jantar que desfrutamos.

Vários pontos de alagamento na região de Ibiapaba. Parte do muro do cemitério desabou, e ainda houve desabamentos de muros de algumas residências. A reportagem também mencionava a queda de granizo provocando alguns acidentes de trânsito, com muitos automóveis sendo atingidos pelas pedras.

CAPÍTULO VIII

—•❳ ❲•—

Os policiais, após o isolamento do apartamento do suicida, foram embora sem fazer perguntas. A chuva continuava, mas não mais acompanhada de granizo.

Súbito, olhei para aquela tela exposta na parede da sala e ela parecia se mexer. Resolvi afastar meus pensamentos, mas me sentia tonto, bastante enjoado, como se comera algo que não me fizera bem. Olhando minuciosamente o movimento que parecia fazer a tela, eu me levantei, pedi licença ao casal e fui ao toalete. Percebi que novamente a adversidade lançava os seus tentáculos para modificar a realidade e criar um contexto particular repleto de ilusão e mentira.

Olhei-me ao espelho e levei um susto. Eu estava péssimo. Meus olhos vermelhos, meus cabelos desalinhados, e o aspecto do meu rosto apresentava estranho cansaço.

Saí do toalete ao mesmo tempo que Sofia trazia a refeição para a mesa, mas Pedro não estava ali na sala. Fui me chegando para sentar-me, já que sentia muita fome. Sofia virou-se para mim e exclamou:

— Pronto, o jantar já está na mesa.

Ela me olhava com um ar abatido. E meu primo, onde estaria? Perguntei por ele.

— Por que pergunta por ele? — disse-me Sofia, tentando me conduzir para sentar-me à mesa.

— Sofia — insisti —, onde está Pedro?

Sofia ficou séria, olhando-me com ar de reprovação.

— Não o entendo. Como pode ser assim tão cruel comigo?

— Eu é que não a entendo. Ele estava aqui ainda há pouco, antes de eu ir ao toalete.

Senti uma mórbida apatia, isolado do mundo, diante daquela mulher que me atraía por sua beleza, mas que agora me introduzia num redemoinho de incompreensões. O que estaria acontecendo nesse inferno?

— Jonas, por que me pergunta sobre Pedro?

— Como assim, Sofia?

— Sabe muito bem que ele está morto — disse Sofia como um amargo desabafo.

— Morto?

— Não te estou compreendendo, Jonas — disse Sofia, aumentando o tom de sua voz.

— Por favor, explique-me direitinho. Que loucura é essa?

— Ora, você sabe, ele se suicidou, jogando-se da varanda.

O impacto daquela revelação acelerou ainda mais as batidas do meu coração, me fez suar frio, me fez circular pela sala como um louco, um celerado, atrás de explicações, de um consolo, de uma fuga transcendental, para um mundo novo, um mundo ainda não explorado, chegando em caravelas, sem me conhecer, sem conhecer nada. Veio-me à memória um texto de Foucault, que eu não conhecia, mas que surgiu de repente: "Quando eu penso, dizia ele logo que lia ou escutava, quando penso nesta frase que vai partir para a eternidade e que eu talvez ainda não tenha compreendido plenamente". A palavra e o pensamento sempre partem para a eternidade e, às vezes, não conseguimos apreendê-los antes que se vão. Sem conhecer o texto eu o estava pensando — isso é insanidade em ação. Retornei à conversa com Sofia.

— Como? Ele se suicidou? — disse espantado para Sofia.

— Jonas, não torne as coisas mais difíceis do que já estão — disse Sofia com um ar de desespero.

— Sofia, não me deixe mais confuso do que já me encontro. Quem se suicidou foi o vizinho do oitavo andar. Eu vi quando o corpo se projetou para cair na calçada do prédio. Eu estava na varanda e me surpreendi por ver essa tragédia.

— Você está louco — berrou Sofia. — Não brinque assim comigo.

A situação estava se tornando cada vez mais confusa. Como aquilo poderia estar acontecendo? Comecei a questionar tudo: a vida, o local, as pessoas, os fatos que se sucediam, as mudanças das horas, que eu nem percebia, o tempo que corria, não deixando marcas na manhã ou na noite. Tudo trazia ambiguidade, confusão, ira, medo... Era como se houvesse um disjuntor que ligava e desarmava alterando a realidade, produzindo alterações nos fatos, nas coisas e nas pessoas.

Diante de mim, estava a esposa de meu primo Pedro, que saiu do romance de Machado e se fez carne para confundir a minha vida. Para causar transtornos e abalar minhas convicções filosóficas, ela montou um quadro totalmente irreal, mágico, onde eu já nem me conhecia. O rosto de Sofia estava corado. Seus olhos estavam quase soltando das órbitas. Ela me olhava com um forte desprezo. E o pior é que eu entendia essa reação. As circunstâncias pelas quais eu estava passando, num vaivém louco de fatos terríveis, eram insuportavelmente chocantes. Resolvi então abrir de novo o diálogo.

— E agora, Sofia, o que faremos?

Seria a entrada para a busca de uma solução, pois teria que haver uma resposta para tudo aquilo. Nem que fosse das mais ridículas ou inacreditáveis. Eu teria que sair dali, voltar para

Salvador, apagar Sofia da minha vida, e me incorporar novamente à minha família.

— Tudo já foi feito — disse Sofia.

— Como tudo já foi feito?

— Você realmente enlouqueceu! — gritou Sofia, como uma mulher insana.

Preferi calar-me diante de tanto absurdo e compactuei com os excessos aberrantes das afirmações de Sofia. Pedro havia assistido à cena do suicídio do seu vizinho, e, de repente, Sofia inverteu a história, criou uma narrativa mentirosa, atribuiu a Pedro o ato suicida, e a mim me vê como seu esposo. Nem os autores do realismo mágico do boom da literatura latino-americana teriam tamanha coragem em descrever um absurdo como esse.

CAPÍTULO IX

—•❧ ❧•—

Caro leitor, estamos diante de uma história patética. Não há explicação plausível para um sopro de vida incompreensível que não se esgota, não se coaduna com o lógico, com o verossímil. Perdoe-me por às vezes eu ter de repetir o que já foi dito, porém, torno a fazê-lo para que eu possa recompor sucessivamente a história que vai se perdendo em outro universo, e montar a realidade que nos restou como latifúndio nesse montão de terra inabitada no mundo maravilhoso que problematiza a realidade — a literatura.

Barbacena esteve na mente de Machado no final do século XIX, quando escreveu o romance realista *Quincas Borba*. Sofia fazia parte desse romance. Era a personagem que acendeu a paixão incontrolável de Rubião. Numa espécie de consórcio macabro, Sofia Palha e seu marido, Cristiano de Almeida Palha, destruíram a vida desse ingênuo professor do interior. Eu sempre me perguntei as causas da escolha daquela cidade como paisagem desse romance do Bruxo do Cosme Velho. Nunca, todavia, poderia imaginar que eu seria cooptado pelas mãos da magia, ou sei lá que expressão eu possa usar, a fim de dialogar com as ideias de Machado em pleno século XXI.

Sem respostas para encontrar, vejo a vida confinada a dois pontos de vista. O primeiro é que, pelo visto, algo aconteceu em uma dimensão qualquer do tempo e da razão, entre mim e Sofia, que a imaginação não me possibilitou conhecer. O segundo é que a literatura é enganosa, esconde e expõe incongruências, revela as mentiras dos homens e dos tempos. E essa dúvida acaba sendo um desafio para o leitor desvelar, conhecer, interpretar. Faz parte dos meandros da estética da recepção, que transforma as intenções do escritor e dá ao texto uma nova feitura, uma nova roupagem, um novo aspecto da resolução da história, fruto da decisão do leitor.

Cumpre-me ainda dizer que mágica não se explica, não se entende; ela é sempre reflexo de uma demência visionária, que motivou Cervantes em sua obra-prima na criação de dois personagens que se insurgiam como metáforas, assumindo a postura de cavaleiros andantes contra moinhos do imaginário espanhol.

Os moinhos que me estavam desafiando margeiam essa história que ouso enfrentar, exigem de mim, narrador solitário, simular uma expectativa de que tudo isto possa se resolver a contento custe o que possa custar.

Minha vontade era fugir dali. Quem sabe mergulhar em um túnel do tempo e sumir da vida, pelo menos desta vida. Um dia, acordaria esquecido, perdido na noite dos tempos, desmemoriado, querendo dissipar-me, ir sumindo pouco a pouco, dia a dia, me pôr num limbo, esquecido por todos, em amnésia profunda para sempre.

Lembrei-me do estupendo autor de *Dom Quixote*, que deixou registrado que, à "força de tanto ler e imaginar, ele foi se distanciando da realidade ao ponto de já não poder distinguir em que dimensão vivia". Seria esse o meu caso? Sou um leitor voraz, e naquela noite que antecedeu a esse estranho transporte eu terminara de reler *Quincas Borba* de um só sopro — perdoem-me a repetição, mas é um ponto importante.

Em que dimensão eu estaria vivendo? Eu me distanciei da realidade, mas sem ser *ipsis litteris* à da frase de Cervantes. Já começava a me assolar uma inusitada paranoia. Eu não busquei esse distanciamento, eu não escolhi o tempo, eu não escolhi as pessoas, eu fui escolhido para entrar nesse mundo ficcional torpe. Afinal, caro leitor, estamos diante de um surpreendente devaneio, carregado de fascinação, de feitiço, de sopros da Terra. Os hispanos diriam que essa história faz parte do real maravilhoso. Eu digo que ela é repleta de desatinos. Poderia dizer até que ela contém extravagâncias por todos os lados, nas quais passam os personagens, que não são muitos, mas que se confundem. Há como uma lente de aumento, uma sensação que amplia paixões e loucuras, um tráfico de motivos, vaidosos, que tenta mascarar e desmascarar ao mesmo tempo tudo o que surge nesta cidade pequena das Minas Gerais. Aqui, por exemplo, morreu um jogador famoso do Botafogo do Rio de Janeiro. Barbacena, além de ser a cidade das flores, tem, como já vimos, um Museu da Loucura. Esse reflexo de coincidências se abate sobre Sofia, sobre mim, sobre o desaparecimento repentino de Pedro.

A questão é que não há explicação para uma falsa realidade, pois não se coaduna com o plausível, com o lógico, com o razoável.

Barbacena raiou na mente de Machado quando ele escreve *Quincas Borba*. Sofia era a personagem astuta de sua obra. Ela foi criada pelos deuses da literatura que se fizeram carne em Machado. O restante, as incongruências, as mentiras da imaginação, competem a você, caro leitor, desvendar, dar corpo, discernir, podendo ser, ou não, uma grata recepção.

Tentar entender é impossível, pois a ilusão não se explica. A ideia é construir um mundo à parte, sem causas e consequências, regido por uma Constituição sem cláusulas pétreas. Revelar o encoberto é inadmissível. Não se conta a história que não se realiza. De mim, por exemplo, só sei que moro em Salvador, e que conheci Sofia em três ocasiões esdrúxulas, e, nesta última vez, ela está viúva de meu primo Pedro, e vivendo comigo no mesmo apartamento.

Avanço contando supostas mentiras que estão acontecendo comigo. Ir até o fim é o eixo do segredo. Na realidade, eu nem sei onde estou.

Retomando o que eu estava descrevendo: Sofia estava na sala daquele estranho apartamento, contando o inacreditável suicídio de Pedro. Nós dois no mesmo apartamento, dois polos divergentes — um real e outro imaginário. Todavia quem estaria falando a verdade: ela ou a minha loucura?

CAPÍTULO X

-꙲꙲-

[...] mas é privilégio do romancista e do leitor ver no rosto de uma personagem aquilo que as outras não veem ou não podem ver.

Machado de Assis,
A mão e a luva

O que estava acontecendo comigo? No meu interior só havia dúvidas, perplexidades, muito medo. Sofia estava à minha frente, revoltada com o meu comportamento, que para ela era inadmissível. Seus olhos estavam injetados de cólera. Seu rosto demonstrava extremo rancor. Na realidade, o que eu percebi em sua agitada reação, quando indaguei sobre Pedro, foi uma espécie de ressentimento, por não imaginar sequer que eu poderia realmente não saber de nada. Ela desconhecia as razões da minha total ignorância sobre o mundo em que ela vivia.

A morte de meu primo foi mais um ingrediente para confundir-me, transtornar os meus pensamentos e meu senso crítico da realidade. Porém que realidade seria aquela? Será que ainda poderíamos ter uma visão de mundo? Afloravam-me perguntas irrespondíveis. Por exemplo, por que eu não fui ao velório do meu primo, muito menos ao seu sepultamento?

Sofia olhava-me como se eu já soubesse de tudo, até das providências que foram tomadas para sepultá-lo.

Súbito, me ocorreu perguntar-lhe:

— Que dia é hoje, Sofia?

Eu tinha que me posicionar no tempo, mesmo estando na dependência da resposta de uma mulher fictícia.

— Quer saber que dia é hoje? — perguntou-me com um tom irônico, carregado de sarcasmo e ódio.

— Sim, qual é o problema?

— Está bem. Hoje é quarta-feira, dia vinte e três de novembro — disse-me com um tom agressivo, que soava nos meus ouvidos como barulhos perturbadores das unhas de Machado arranhando um espelho, uma superfície criada no inferno pelo bruxo em sua imaginação pródiga, provocando ruídos finos e macabros.

— Vinte e três de novembro?

— Sim. O que está acontecendo com você?

Eu me lembrava de que estávamos no mês de julho quando eu fui assombrosamente transportado no tempo, pois eu estava próximo a gozar férias na universidade. Sim, mais claro não canta o galo. Estávamos no mês de julho.

Uma sensação instigante invadiu minha alma. O que eu teria feito nos dias que foram apagados da minha vida?

— Sofia, vou ter que contar a você o que houve comigo, a razão de minhas perguntas, que para você soam como idiotas, e como eu vim parar aqui.

— Já conheço a sua história. Pedro me colocou a par de tudo. Combinou com ele em vir passar suas férias de julho aqui em Barbacena.

Era mais uma informação inacreditável para eu processar. Objetei firmemente que aquilo era impossível de ter acontecido e, apesar da expressão mórbida que foi gerada em seu rosto, continuei:

— Sofia, eu tenho que voltar para minha casa. Para Salvador. Lá eu tenho o meu trabalho, lecionando como professor de literatura numa universidade federal.

— Você ficou louco? Moramos juntos, aqui, neste apartamento. Desde que Pedro morreu estamos juntos. Você leciona em uma escola particular aqui em Barbacena.

Ouvir aquilo era como se a cortina de um teatro fosse sendo aberta e o cenário desvelado para a plateia somente faltando a entrada dos atores. Entretanto, parecia mais um monólogo confuso, de um personagem com mente obtusa. E esse personagem, o único ator, era eu. Essa revelação dita por Sofia era como se explodisse uma granada em plena sala daquele apartamento maldito.

O telefone tocou. Sofia foi atender enquanto eu, curioso ao extremo, fiquei atento à conversa. Pelo tipo de diálogo, percebi que se tratava de um homem. Ela não mencionou o nome de quem estava do outro lado da linha. Era uma sucessão alternada de sins e nãos. Pouco depois, ela desligou.

— Quem era, Sofia? — perguntei-lhe já transbordando de indignação.

— Dr. Cristiano de Almeida Palha, meu advogado.

Não estranhei. Agora, pouca coisa poderia me causar estranhamento. Cristiano era um personagem de Machado, esposo de Sofia no *Quincas Borba*. Mesmo assim, eu gelei dos pés à cabeça. Não sabia o que falar, tampouco o que fazer. Sentei-me, abandonando-me no sofá. Será que tentariam me matar como fizeram com Rubião?

Caros leitores, suportem, por favor, o meu desespero e o meu pavor por eu estar mergulhado nessa situação inusitada.

Eu já não sabia mais o que perguntar. E o que eu mais poderia querer extrair desse manancial de absurdos?

Noto, de soslaio, que Sofia me observa. Está em pé, como se fosse uma policial esperando alguma pergunta, alguma demonstração de ciúme. Confesso que fiquei deslocado e, para fingir firmeza, resolvi perguntar-lhe algo que eu sabia e que ela não poderia responder.

— Sofia, você já leu o romance *Quincas Borba*?

— Não, não li, mas creio que há um na estante do seu finado primo. Por que essa pergunta?

— Por quê? Por favor, pegue-o, pois precisamos conversar a respeito de alguns detalhes descritos nesse romance. Provavelmente irão esclarecer alguns pontos que falei contigo até aqui.

Sofia foi até a estante e começou a examinar alguns livros. Estavam todos empoeirados. Pensei: *como pode haver poeira no campo da imaginação?*

Havia alguns na prateleira de cima e ela me pediu ajuda. Fui até lá usando uma escada deslizante. Sofia encontrou vários livros de Machado, mas não o que procurávamos. Escondido na parte de baixo da estante, com a capa amarelada pelo tempo, pude ler na lombada do livro: *Quincas Borba*.

Meu coração batia acelerado. Um êxtase invadiu minha mente. *E agora, o que poderia acontecer? Como fazer comparações da ficção com o real? Como criar analogias entre o que Machado escreveu e o que estava acontecendo? Qual seria a reação de Sofia diante de tantas coincidências? Como idealizar uma forma de contar a história em confronto com a vida que eu estava vivendo? Ou seria uma farsa tudo aquilo? E se o próprio romance me contasse diferente? E se o texto de Machado de repente me desmentisse?*

— Aqui está o livro, Sofia. Apontei para o exemplar em meio a outros livros empilhados na biblioteca de Pedro.

— Estou vendo. E daí? Você vai ler a história para mim? — disse-me ironicamente.

— Não, é óbvio que não. Quero apenas relacionar alguns acontecimentos com a narrativa contada neste livro. Vai ver que há personagens que Machado usou e que curiosamente são semelhantes a pessoas que eu estou conhecendo na atualidade. Por exemplo, você é uma delas.

O grito de Sofia deve ter se estendido por toda a região. O prédio, com certeza, ecoou aquela voz impregnada pelo desespero e indignação. Seu rosto estava pálido. Seus olhos perderam a vida, seus lábios tremiam. Tudo levava a crer que ela fosse desmaiar. Aproximei-me para tentar reanimar o seu corpo que ia perdendo forças e parecia querer desabar tal como uma implosão.

— Sofia, o que está acontecendo? Me responda! — disse-lhe desesperado.

— Por quê? Já não basta sentir a dor da perda de um grande amigo e esposo, para vir me relacionar a uma personagem de romance?

A pronta recuperação de ânimo daquela mulher confirmava o que eu pensava sobre a sua falsa identidade. Sofia era um fruto podre de uma árvore inventada pelo Bruxo na sua casa no Cosme Velho.

— Mas só assim vai compreender como me sinto. Há uma força mística por trás de tudo isso. Há algo inexplicável pela razão, que impulsiona os fatos, as pessoas, o tempo, a realidade. Eu preciso que você compreenda o meu ponto de vista. O que está acontecendo conosco tem tudo a ver com algum feitiço. Uma realidade paralela, desconhecida, falsa, como num filme de terror.

CAPÍTULO XI

―•⟩⟩⟨⟨•―

UMA REFLEXÃO À PARTE

―•⟩⟩⟨⟨•―

Certamente a história há muito tempo não procura mais compreender os acontecimentos por um jogo de causas e efeitos na unidade uniforme de um grande devir, vagamente homogêneo ou rigidamente hierarquizado; mas não é para reencontrar estruturas anteriores, estranhas, hostis ao acontecimento. É para estabelecer as séries diversas entrecruzadas, divergentes muitas vezes, mas não autônomas, que permitem circunscrever o "lugar" do acontecimento, as margens de sua contingência, as condições de sua aparição (Michel Foucault, *A ordem do discurso*).

CAPÍTULO XII

—•❫❭•—

Tinha o livro em minhas mãos. Ali continha os segredos para trazer à luz toda a trama que a fantasia causou nesses dias de minha permanência junto à Sofia. Eu, confesso, carregava uma atração incontida por aquela mulher. Curiosamente, embora ela sugerisse claramente que vivia um relacionamento comigo, não havia um fato sequer que me lembrasse do seu corpo submetido ao meu, ou um simples orgasmo, possuindo aquela mulher com sua pele branca como a neve totalmente exposta aos meus olhos.

Estávamos sentados lado a lado no sofá da sala. Ela aparentava nervosismo; e eu, mais ainda. Na minha mente giravam estratégias de como abordar todo aquele cenário de revelações, com cautela, para não gerar, em vez de compreensão, mais obstáculos em nossa conversa.

Ela me olhava como se estivesse desconfiando da minha idoneidade na explicação dos fatos, dado que eles não poderiam ser, segundo o seu julgamento, pertinentes, lógicos ou relevantes. Como usar a literatura para explicar a realidade? A literatura só existe como questionadora do real, por ser este incompleto e insuficiente para revelar-se como verdade ao mundo, e não o contrário.

O que eu teria para contar à Sofia de *Quincas Borba*, para explicar-lhe a minha insanidade? Como contar, como iniciar, como relacionar tudo o que tenho vivido nestes últimos dias aqui em Barbacena?

Olhei o livro. Ele estava com séria degradação no seu miolo. Havia infestação de micro-organismos. Os cupins abundavam entre as suas folhas. Se eu fosse um profissional que trabalhasse com encadernação, a primeira decisão seria submetê-lo a uma restauração total.

Sofia também se assustou com o estado do livro e chegou até a pedir desculpas.

— Não sei como esse livro ficou desse jeito. Pedro tinha um cuidado especial com os livros mais antigos. Sempre os higienizava com zelo e carinho. Esse passou despercebido.

— Muito interessante, não acha, Sofia?

Ela nada falou, somente ficou me fitando com um olhar infantil. Fui abrindo lentamente o livro. As folhas iam se desmanchando nas minhas mãos. Misteriosamente eu não conseguia prosseguir. Sofia solicitou-me o livro para me ajudar. Eu dei-lhe o exemplar. Da mesma forma acontecia com ela. As traças começaram a cair no tapete, no sofá, em nosso colo. Parecia uma luta armada entre esses pequenos seres destruidores de palavras, expressões, desenhos e o texto de Machado que havia sido escrito há mais de um século.

— Afinal, vai ainda continuar com isso? Não vê que não vamos conseguir ler o livro estando ele nesse estado?

— Eu sei, Sofia, mas as analogias que eu iria fazer com o texto de Machado iam me dar mais respaldo para talvez a convencer que esse drama todo tem a ver com incríveis enigmas, mistérios, sei lá o que é isso...

Sofia me olhava atônita. No fundo ela percebeu que algo ali estava seriamente afetado por alguma força incompreensível, mas poderosa. Aquela mulher era falsa, um ser não humano, diante de mim, que estava perdido no tempo.

Para agravar, enquanto falávamos, o livro ia se desmanchando como se estivesse sendo triturado por alguma máquina de moer. Sofia observava aquilo tudo, mas eu sentia que sua reação parecia exprimir uma clara conivência com o que estava acontecendo.

Repentinamente, Sofia virou-se de costas e foi para a cozinha. Aquele ato gratuito causou-me, além de constrangimento, um profundo temor. Eu, que não cria em religião, em manifestações espirituais, fui abalado com mais essa demonstração do sobrenatural.

— Sofia — gritei seu nome e fui atrás dela.

No corredor, ia percebendo que a cozinha estava silenciosa. Não havia ninguém. Fui entrando nos quartos, no banheiro social, na suíte, voltei à sala, verifiquei na varanda, nada. Sofia havia desaparecido.

Verifiquei a fechadura da porta de saída. Não estava trancada. Eu estava sozinho naquele terrível apartamento. Eu me encontrava inteiramente alijado de tudo que podia ser chamado de real. Aquela sexta-feira inescrutável não terminava. Era um dia sentimentalmente extenuante, pleno de mentiras recorrentes, que viajavam em minha vida, transpassando-a com ideias literárias.

A maior dificuldade agora era saber o que fazer. Antes de sair dali eu teria que tomar banho, trocar de roupa e me alimentar. Abri gavetas de uma escrivaninha para ver se havia dinheiro e achei pouca coisa, mas suficiente para me manter até cessar aquela alucinação. Fui até o guarda-roupa de meu primo, e estava repleto de ternos, camisas, calças e gravatas. Na parte de baixo, muitos pares de sapato. Coincidentemente — haja coincidências! — tudo era compatível com o meu manequim.

Após tomar banho e trocar de roupa, eu fiquei idealizando o que fazer em seguida. Era fundamental acabar com aquilo. Eu tinha que voltar pra minha casa, retornar urgente para Salvador e esquecer tudo o que se passava naquele lugar. Teria que me consultar com um psicólogo para interromper aquele fluxo de acontecimentos que iam sucedendo, normalizar meus pensamentos e viver como vivia antes disso tudo ocorrer. Voltar de avião, ou mesmo de ônibus. Depois fiquei imaginando vários aspectos dessa mudança.

O que teria acontecido com meu primo? Se Sofia era somente uma personagem de um romance, como teria casado com ele? Ele teria morrido em meio a esse mistério? E aquele apartamento, a quem pertenceria?

Subitamente, a campainha tocou. Meus batimentos cardíacos aceleraram como sempre. Fiquei estático. Não poderia passar por outra situação que me surpreendesse e me fizesse ficar novamente atordoado.

Novo toque. Permaneci no mesmo lugar. Parecia que o tapete onde eu pisava ganhava vulto e se mexia. Ledo engano. Eu estava agora multiplicando os sentimentos de medo que circulavam em todo o meu corpo. Minha mente parecia gemer.

Resolvi então desvendar aquele mistério. Aproximei-me da porta e perguntei:

— Quem é?

Não houve resposta. Vejo então que um envelope pardo estava sendo inserido para dentro do apartamento. Tomei coragem e abri a porta. O corredor estava vazio. Não havia ninguém entrando ou saindo de qualquer apartamento. Corri para a escada e ninguém subia ou descia. O elevador devia estar parado em algum andar. Voltei para o apartamento.

No envelope estava escrito como destinatário: *Sr. Pedro*. Resolvi abri-lo sem ligar para escrúpulos. Não havia nome do remetente. Fui rasgando a parte de cima do envelope com toda a preocupação de não afetar o conteúdo. Assombrosamente era um folheto, uma espécie de *folder*. Para meu espanto, era um anúncio de um seminário sobre o Humanitismo.

CAPÍTULO XIII

—·❯❯ ❮❮·—

Eu nunca poderia supor que uma filosofia concebida literariamente pudesse se transformar em ações políticas nos dias de hoje, sem nenhum nexo causal, numa pequena cidade mineira como Barbacena. Um grupo de pessoas, uniformizadas, remetendo essa visão para os tempos de Getúlio Vargas, quando Plínio Salgado fundou um partido político o qual denominou de Integralista, saindo às ruas e se intitulando de humanitista, apregoando palavras de ordem pouco razoáveis, como se estivessem marchando para uma guerra.

Eu saí do apartamento supostamente de Pedro, supostamente de Sofia, supostamente onde eu estava, desci de elevador, provavelmente fruto do meu surto psicótico, saí à rua e lá estava o grupo diante de um casarão antigo, de estilo gótico, mas bem conservado. As pessoas estavam uniformizadas. Essa visão foi como um insulto que recebi dos deuses loucos da literatura, me conclamando para um novo mundo, inexplicável, incompreensível e tenebroso. Fiquei receoso de me aproximar e fazer perguntas sobre o indescritível evento. Na realidade, aqueles momentos estavam envoltos em ocultismo, camuflados como enigmas, mistérios encobertos que, cheguei à conclusão, deveriam ter sido realizados para mim, somente para mim, pelos deuses da letra. Eu me encontrava atordoado, desprotegido, querendo fugir para qualquer lugar que me pudesse conceder algum refúgio. Quem sabe, parar de pensar e ter os meus órgãos de sentido imobilizados. Esse tal de Humanitas ia muito além de uma simples filosofia, de um invento. Percebi que essa leitura de mundo louca que estavam fazendo aquelas pessoas envolvia fúria, guerra, destruição de quem pensava diferente, desagregação em todos os níveis. O Bruxo do Cosme Velho errou na dose.

CAPÍTULO XIV

—·❱❰·—

Os compassos eram perfeitos. Os coturnos usados pelo grupo masculino batiam no chão com uma harmonia jamais vista. A impecabilidade das camisas, caprichosamente engomadas, brancas como as nuvens de um céu ensolarado, além de suas gravatas negras, era um festival de militarismo, sem necessariamente pertencer às forças armadas. Em seus braços esquerdos, à altura do bíceps, carregavam uma faixa negra, onde podia se ler em vermelho: "Humanitas" e o símbolo desenhado de uma batata. Era um escárnio essa visão para quem nunca havia lido o livro de Machado, e uma ofensa a quem, como eu, estava presenciando um espetáculo de outra esfera sideral. Cheguei a duvidar que outras pessoas, como eu, pudessem estar assistindo àquele misterioso espetáculo. Provavelmente aquilo tudo seria fruto de um pesadelo. Fiquei intrigado quando o "oficial" exclamou para o grupo: "Olhar à direita" e todos olharam na minha direção batendo continência. Era incrível tamanha insanidade. As pessoas na calçada imediatamente passaram a me observar. Senti meu rosto aumentar a temperatura, misto de medo e de vergonha.

Aquelas pessoas, em passos sincronizados, iam se afastando, levando as suas faixas, ou *pancartas*, como dizem os espanhóis. E lá havia muitas delas. Todas referindo-se à filosofia de Quincas. "Ao vencedor as batatas" era a principal expressão — aliás era a base — do Humanitas. Procurei evadir-me daquele lugar rapidamente, mas não havia como sair. As pessoas se amontoaram logo após aqueles loucos fardados irem embora. Parecia claramente que fechavam o caminho e me impediam de me locomover livremente.

 Pela narrativa que tenho feito, o caro leitor pode perceber que as sandices iam se sucedendo paulatinamente, uma se transformava em outra, e a que restava, em mais outra, e mais outra, e assim fiquei calado, deixando que a mentira se acomodasse a outra mentira, prosseguindo, ganhando corpo. Eu torcia para que tudo fosse um sonho e que eu acordasse levemente em Salvador, não vindo mais à minha mente esse festival de desatinos.

CAPÍTULO XV

---·≫≪·---

O HUMANITAS, UMA REFLEXÃO "FILOSÓFICA"

---·≫≪·---

O Humanitas foi elaborado por Machado como um arremedo literário ao positivismo. Tratá-lo como filosofia significa obviamente incorrer em erro. Machado, ao criar uma paródia, em que confronta o rico com o pobre, o capitalista com o que não tem recursos, confunde o leitor. Ele usa personagens que são sugados pela trama do Bruxo, iludindo-o, com a intenção genial de trazer um patético estranhamento. Seria uma crítica social ou uma postura política? Não tenho a mínima resposta para essa pergunta. Machado se refere à escassez de batatas para duas tribos famintas. Diz Quincas Borba para Rubião sobre o Humanitas:

> Supõe tu um campo de batatas e duas tribos famintas. As batatas apenas chegam para alimentar uma das tribos, que assim adquire forças para transpor a montanha e ir à outra vertente, onde há batatas em abundância; mas, se as duas tribos dividirem em paz as batatas do campo,

não chegam a nutrir-se suficientemente e morrem de inanição. A paz, nesse caso, é a destruição; a guerra é a conservação. Uma das tribos extermina a outra e recolhe os despojos [...] ao vencido, ódio ou compaixão; ao vencedor, as batatas.

Segundo J. Mattoso Câmara Jr, em seu livro *Ensaios machadianos*, "é óbvio, pelo menos, que Quincas Borba não é um porta-voz de seu autor". Nessa mesma obra fica claro que o Humanitismo é "uma troça" do Positivismo, um delírio de Quincas, que "chegou até a reproduzir uma dança sacra que inventara para as cerimônias do Humanitismo. A graça lúgubre com que ele levantava e sacudia as pernas era singularmente fantástica".[3]

Quincas chega a afirmar que o "Humanitas é o princípio da vida e reside em toda a parte".

Ressalta-se também, no episódio das duas tribos e o campo de batatas, pelo qual lutam, a sua afirmação: "a paz nesse caso é a destruição; a guerra é a conservação", fruto típico de sua demência.

A filosofia de Quincas Borba, em tese, sugere que a guerra tem um caráter depurativo da sociedade, trazendo benefícios ao homem. A igualdade traria a morte para ambas as tribos. Machado então exalta a guerra. É muito curiosa a forma com a qual o escritor analisa a fome, isto é, a fome dos outros.

{ 3 } *Memórias póstumas de Brás Cubas.*

CAPÍTULO XVI

RETOMANDO A NOSSA LOUCA AVENTURA

A estranha passeata se foi. Eu ali, parado como um poste, perplexo até a alma, sem ideia do que fazer. A única coisa que me ocorria era a de ir para Salvador. Eu me perguntava como fazer para retornar por caminhos normais. Foi nessa hora que fui surpreendido pela chegada abrupta de uma bicicleta. Senti o guidom chocar-se contra o meu abdômen e a roda da frente pegar em cheio no meu joelho esquerdo. Fui projetado para a frente enquanto o ciclista dava cambalhotas na calçada. Eu sentia uma dor fina e profunda na perna e o atropelador gritava de dor, todo ralado.

Fomos socorridos pelos pedestres. Eu não conseguia me levantar e o ciclista tampouco. Resolvi não me mexer, porque não sabia se eu havia fraturado algum osso. Vi que um pedestre ligava para o corpo de bombeiros. Muitas pessoas me rodeavam e faziam-me muitas perguntas. Uma senhora se aproximou de mim. Olhou nos meus olhos, perguntou-me se eu estava bem e logo declinou o seu nome:

— Chamo-me Maria Benedita. Eu vi de perto o acidente. O ciclista foi o culpado. O senhor estava na calçada e ele veio em alta velocidade. Ao virar a rua, ele percebeu que ia atropelar o grupo que marchava e então resolveu subir na calçada.

— Muito prazer — disse ofegante para aquela senhora. Não lhe revelei meu nome. Era mais uma personagem de Machado se intrometendo na história.

A ambulância não demorou muito e me conduziu com o ciclista à Santa Casa. Eu sentia uma dor forte no joelho. Dona Maria Benedita afastou-se, observando de longe a ambulância que nos transportava para o hospital.

O trajeto foi rápido e uma maca me conduziu para a emergência. Meu joelho doía muito. Não soube do estado de saúde do ciclista.

Fui levado para uma enfermaria. Colocaram-me num leito próximo à janela. Havia um ventilador enorme ligado, que girava, distribuindo o vento e o pó que porventura estivesse no ar que respirávamos. Não me perguntavam nada. Uma enfermeira fechou o cortinado do meu leito para que eu pudesse me despir e colocar a roupa do hospital.

Assim foi. A enfermeira voltou uns dez minutos depois com um carrinho hospitalar onde trazia a medicação. Logo após a sua chegada surgiu o médico.

— Sou o doutor Camacho. Vou examiná-lo para que possamos proceder ao tratamento. Daqui a pouco virá uma enfermeira para preencher sua ficha de ingresso no hospital. Onde sente dor?

E seguiu-se a anamnese. Isso e aquilo, detalhes sobre o acidente, e onde doía mais, e a grande revelação:

— O senhor teve uma leve concussão da patela do joelho esquerdo. Vou ter que aplicar uma injeção diretamente no local atingido. Vai doer um pouquinho, mas é a única terapêutica possível. Dona Fernanda é a enfermeira encarregada desta ala do hospital e será a responsável pela aplicação. Amanhã o senhor já estará bem melhor.

— Como?! Amanhã?

— O senhor não poderá colocar o pé no chão por alguns dias. Provavelmente teremos que submeter o seu joelho a uma pequena cirurgia. Tenha paciência. Até logo.

E despediu-se, como se despede o pedestre de um mendigo que lhe pede uma esmola. A enfermeira olhou-me sem graça, tomando todas as providências para executar as ordens do homem de branco.

Eu matutava: será que eu morri e estava vivendo no inferno? Como eu não conhecia aquele lugar, então tudo aquilo era mentira, não houve acidente, o médico era falso, dona Fernanda, a gentil enfermeira, era somente uma ilusão passageira. Então, tomei uma decisão. Vou pular dessa maldita cama e fugir desse lugar, ir embora, desaparecer. Isso de estar nu também é um acinte. Ninguém vai me ver desnudo. Fiz um movimento rápido e pulei da cama. Ao mesmo tempo senti uma dor terrível no joelho esquerdo, que me fez berrar como um louco naquela enfermaria dos demônios. A enfermeira chamou um colega que passava no corredor para ajudá-la a levantar-me.

Que vexame! Dona Fernanda me olhava com um olhar de reprovação que só vi semelhante no olhar da minha mãe quando me pegou me masturbando no banheiro, nos meus doze anos.

CAPÍTULO XVII

—•❩ ❨•—

A cirurgia foi um sucesso. As terríveis dores, que eu sentia após a minha queda no piso da enfermaria, foram embora num abrir e fechar de olhos.

Fui repreendido pelo médico-chefe da enfermaria. Diante dos resultados positivos obtidos, eu resolvi obedecer com rigor às ordens que me foram impostas. Após a cirurgia, minha recuperação foi incrivelmente rápida. Não havia marcas nem sintomas de dor.

Não obstante eu estar bem, o que me vinha à mente era a necessidade de fugir daquela cidade louca e voltar para Salvador.

Recebi alta hospitalar e fiquei inteiramente perdido. A liberdade, às vezes, nos transfere para lugares inimagináveis, descampados, sem árvores, sem vento, sem casas, sem gente, sem opções para vivermos.

Encontrava-me em um labirinto estreito, cercado por questões estúpidas, perguntas irrespondíveis, sem poder ao menos vislumbrar uma saída, forjando um falso roteiro. O mineiro costuma se referir a essa situação como "estar num mato sem cachorro".

Meu pai, quando voltou do exílio nos anos 1980, se sentiu exatamente como estou hoje. Pensou ele àquela época: "E agora, o que fazer de novo no Brasil?". Neste momento, eu estava justamente assim, me sentia tal e qual meu querido pai. Não era como

Betinho — o irmão do Henfil —, muito menos como algum refugiado do calibre de um Brizola. Eu estava entregue à solidão de um louco.

Pois bem, eu não sabia direito onde estava ao sair do hospital, e fui fazendo perguntas a alguns pedestres de como chegar até a rodoviária.

Meu objetivo era voltar à realidade, retornar a Salvador pela maneira correta. Eu queria comprar uma passagem o mais rápido possível. O pouco dinheiro que me restava era suficiente para viajar. Um senhor de óculos indicou-me a direção da rodoviária e fui andando. O sol era inclemente e queimava a minha pele. Pensei: *Como é possível um baiano, com a pele bronzeada, sentir-se atingido pelo sol de Barbacena?!*

Comecei a perceber que alguns ônibus chegavam à cidade pelo mesmo trajeto. Concluí que a rodoviária estava bem próxima, como me informou aquele senhor. Pouco tempo depois me deparei com as instalações do Terminal Rodoviário de Barbacena, me causando um forte alívio.

CAPÍTULO XVIII

-•⟩⟩⟨⟨•-

VIAGEM ATÉ SALVADOR

-•⟩⟩⟨⟨•-

A lotação do ônibus estava completa. Eu consegui um assento na poltrona da janela esquerda, na segunda fila. O ar-condicionado estava ligado em uma temperatura excessivamente baixa. Peguei o pequeno cobertor que ficava nas costas da poltrona da frente e me cobri. Ao meu lado, estava sentada uma figura estranha. Um homem alto, bastante magro, calvo, com um bigode mal cultivado, desgrenhado. Saíam pelos por suas narinas e orelhas. Numa película policial, sem dúvida, esse homem faria o papel de *serial killer*, dado o seu tipo esquisito e antipático. Confesso que senti um certo nojo diante daquele homem estranho e amedrontador. Ele estava ao meu lado, revelando o desleixo com sua aparência. Lamentável.

    A viagem transcorria sem nada de extraordinário. Iríamos ter duas paradas que, confesso, não sei relatar onde seriam.

    O motorista parecia um brutamontes. Usava óculos escuros. Seu pescoço era grosso; seus ombros, largos. Tinha semelhança com esses atores de filmes de ação que distribuem socos e pontapés a torto e a direito. Mas, incrivelmente, sua voz era bastante macia e meiga, quando falou após estacionar o ônibus no terminal, logo na primeira parada:

— Vinte minutos.

Saltei do ônibus um pouco cansado. Resolvi tomar um café e ir ao banheiro. O restaurante estava lotado. Haviam chegado três ônibus e saltaram muitas pessoas. Eu me sentia alegre por estar regressando a Salvador. Estava tranquilo também porque nada aconteceu de misterioso na viagem até aquele momento. Ninguém me conhecia entre os passageiros que estavam sentados às mesas e eu fui tentando compreender com os meus olhos o que acontecera comigo.

Fui ao banheiro, sempre olhando o relógio para controlar o tempo e não passar dos vinte minutos previstos. Lavei as mãos e fui tentar comer algo. Um outro ônibus acabava de chegar ao terminal. Fui ágil para conseguir um lugar à mesa. Me antecipei a alguns passageiros e sentei-me confortavelmente. O serviço estava lento demais. Um rapaz que usava um avental amarelo veio me atender. Escolhi uma refeição simples para não ultrapassar o tempo determinado pelo motorista.

Os ônibus iam chegando, outros saindo e afinal o meu prato foi trazido por aquele alegre garçom com seu avental colorido. Comi com satisfação. Chamei o garçom. Ele veio com um sorriso nos lábios e lhe pedi a conta. De posse de um bloquinho, ele somou o valor do prato mais a bebida que tomei. Rasgou a papeleta e me entregou. Paguei-lhe e lhe disse que ficasse com o troco. Ainda sobrou uma boa quantidade de dinheiro.

Na mesma hora, procurei o motorista e vi que ele se levantava da sua mesa e ia caminhando na direção do ônibus.

Constatei que alguns passageiros já estavam sentados e eu me dirigi ao meu assento. Pensei: *Salvador, estou indo!* O ônibus ia se afastando daquela parada e já alcançava a velocidade normal de estrada. Foi quando me dei conta que o passageiro ao meu lado não era aquele que tomou o ônibus em Barbacena comigo. Era uma senhora, um pouco acima do peso, loura e simpática. Levantei-me, fui ao fundo do ônibus, como se fosse ao banheiro, e reparei que todos os assentos estavam ocupados. Onde estaria aquele homem estranhíssimo que viajara conosco até a primeira parada? Prosseguia a história de alucinações.

Estava desiludido, porque a força misteriosa que me envolvia e me enganava não havia cessado.

Voltei à minha poltrona e havia um papelzinho no meu assento. Sentei-me, retirando antes o papel, coloquei-o no bolso. A realidade é que senti pavor de novamente me assolarem aquelas visões terríveis que Barbacena me proporcionara. Fechei os olhos e deixei o tempo correr. A grande alegria é que estávamos nos afastando de Minas Gerais. Vieram-me à mente o perfil lindo de Sofia e os momentos que passei levando sustos ao me deparar com o impossível.

A viagem começou a me dar enjoo. Tentei relaxar um pouco e vieram-me lembranças inusitadas de Salvador. Imaginei que dormia, mas sentia que estava viajando. Eram imaginações, e não sonhos. Uma lembrança simples, de um cão que tentou me morder numa viagem que fiz há uns meses. Eu estava descendo do ônibus no Terminal Rodoviário de Salvador. Ele me olhava com ódio. Eu nunca fora chegado a cultivar a presença de animais ao meu lado porque morava em um apartamento. Quando menino cheguei a ser mordido por um pastor alemão de um vizinho. Aquilo me traumatizou para sempre. Eu descia do ônibus e o animal me seguia. Súbito, um solavanco do ônibus e eu deixei de imaginar aquele maldito cão e voltava à realidade dessa viagem, sabendo o que queria dizer realidade nesse festival de terror.

O passageiro da poltrona da frente esticou-se todo e quase me atinge o rosto. Ele olhou para trás e pediu-me desculpas. Era, acreditem, o meu primo Pedro.

Quando colocou seus olhos nos meus olhos mostrou um sorriso interrogativo, de espanto, de náusea, de estar se deparando com uma pessoa que lhe faria uma multidão de perguntas. Olhei para o outro lado e a visão de Pedro prontamente se dissipou.

CAPÍTULO XIX

—•≫ ≪•—

Prossegui viagem, aquela interminável viagem, calado, casmurro, com um pé atrás, de surpresa em surpresa. As pessoas estavam literalmente caladas, olhando para a frente. Ninguém lia, tampouco usava celular. Não levei em conta essa situação, em plena modernidade. O meu celular deveria estar naquele bar da Pituba. Como ele me fazia falta! Todos estavam silenciosos. Parecia-me que aguardavam algo acontecer. Tinham o olhar fixo nas poltronas da frente. Por mais que eu pensasse, analisasse cuidadosamente o que havia sucedido comigo, eu não encontrava uma resposta plausível. Era um drama patético. Tinha receio de que algum fato acontecesse mais forte durante aquela viagem dos diabos. Comecei a sentir-me novamente enjoado, como se quisesse vomitar. Tomei um comprimido de Plasil, que estranhamente encontrei no bolso da surrada camisa que eu usava, e resolvi então fechar os olhos, repousar, porque ainda havia muito chão pela frente. A viagem se alongava, e, por mais que quisesse, o sono não chegava, mas o remédio fez efeito.

Não conseguia dormir, o que já era inacreditável, mas, sem dúvida, se aquilo pelo qual eu estava passando já fosse um pesadelo, como dormir dentro de um pesadelo?

A viagem transcorreu sem qualquer outra ocorrência que pudesse ferir novamente o meu ânimo. O trânsito estava livre.

Entre a visão que tive de Pedro, ou sei lá quem pudesse ser, no ônibus e aquele instante, se passaram mais de duas horas. O ônibus foi diminuindo a sua velocidade, e saiu da estrada onde havia um grande posto de combustível e, na parte de trás, uma série de lanchonetes e um espaçoso restaurante. O motorista passou justamente em frente a ele. Havia uma dezena de ônibus estacionados, muita gente aglomerada para lanchar e uma fila externa para pagar a refeição. Preferi ir ao toalete. Deparei-me com uma outra fila para poder usar os lavabos, e ali tudo era pago. Reparei que o motorista, ao contrário da primeira parada, não determinou nenhum prazo para que todos voltassem ao ônibus para prosseguirmos viagem. Aquilo me deixou ansioso. Era um dia incomum, e não custava nada eu ser deixado naquele lugar distante e perdido. Fiquei monitorando os passos do motorista.

Usei o toalete e fui verificar se o motorista ainda estava no restaurante. Ele estava na fila para pagar a refeição. Fui até ele e perguntei-lhe sobre quanto tempo tínhamos para comermos. Ele olhou o relógio e me respondeu:

— É bom que ande depressa pois só temos mais uns vinte minutos.

Acalmei-me. Paguei a refeição, fiz o pedido no balcão, e passei rapidamente no lavatório para ajeitar os cabelos. No espelho apareceu incrivelmente o patético rosto de Pedro. Virei-me imediatamente, me aproximei do balcão, disse ao atendente onde eu poderia me sentar e esperei ser servido.

Meus olhos não desgrudavam da imagem do motorista. Ele aparentava estar completamente exaurido. Seus olhos estavam vermelhos. Meu prato chegou à minha mesa. O motorista comia olhando para o televisor do restaurante. Ele traçava um enorme sanduíche de carne e tomava uma Coca. Eu havia esquecido de pedir a bebida; chamei o garçom, que tinha a cara de Pedro. Não liguei para aquela insanidade e escolhi um mate. Minha mesa ficava ao lado da janela. Dali observava as pessoas chegando e indo embora como uma roda gigante que continuava com a mesma rotina de subir e descer. O tempo parecia empurrar os ponteiros do relógio com uma força desmedida. Entretanto eu estava amparado na visão da presença do motorista comendo e vendo TV. Meu lanche chegou e tratei de comê-lo rápido. Estava sempre alerta, como um escoteiro que não se desvia do seu objetivo. A questão é que assumi uma postura de temor, sempre aguardando alguma trampa que me surpreendesse. Um cão se aproximou da minha mesa, e o gerente do restaurante gritou para ele:

— Quincas Borba,[4] vem pra cá.

Que loucura! Eu fiquei gélido diante daquele chamado. Eu devia estar sem cor, com a palidez de estresse profundo. Estava abandonado pela razão, pelo bom senso, pelo destino. Estava numa encruzilhada. Que caminho tomar? Levantava-me ou continuava sentado, comendo e ignorando o destino e seus terríveis acontecimentos?

O cão obedeceu prontamente ao seu dono. Olhei na direção do motorista e notei que ele já estava no final do seu sanduíche e de sua Coca-Cola.

Comecei a comer mais rapidamente. Depois de tudo, não tinha nem como ter medo. Se ele fosse embora com o ônibus sem a minha presença, nada poderia fazer. Faria parte daquele jogo do tempo contra mim, esticando suas garras e me envolvendo cada vez mais em peripécias ridículas e inverossímeis.

Resolvi me tranquilizar. Afinal, estávamos viajando para Salvador, e lá eu era "amigo do rei".

O restaurante se esvaziava e várias pessoas entravam em seus ônibus. O motorista, todavia, continuava sentado. A sua calma era implacável. Eu olhei na direção do nosso ônibus e notei que os passageiros já estavam quase todos sentados, mas o motorista nem

---

{4} Nome do cão de Quincas Borba.

se mexia. Tudo bem, pensei, ele é o meu bastião para voltar para a minha terra. Em quem confiar senão naquele estranho homem? Eu já estava pronto para ocupar o meu assento e aguardar a partida.

O motorista permanecia imóvel atento à programação da TV. No televisor de LED do restaurante, o jornal anunciava o meu desaparecimento. Havia buscas feitas em todas as áreas do litoral. Vários barcos rodeavam a costa. Achavam que eu havia morrido afogado, ou que eu estivesse em algum lugar remoto. O motorista estava tão focado nessa notícia que esquecera de partir.

Aquele labirinto infernal em que se meteu a minha vida estava sempre a dar voltas, como uma espiral, a mergulhar na fantasia, na incongruência dos fatos, ao sabor da passagem do tempo, do imponderável e do incognoscível.

Eu queria retornar a Salvador da forma normal e lógica, porém tudo o que acontecia à minha volta me mantinha preso ao fantástico, me levando às raias do desespero.

O motorista levantou-se. Não desgrudava os seus olhos da tela da TV. Eu o observava. Não sabia se eu deveria ir direto para o ônibus ou se esperava o motorista ir até o veículo. Optei por ir na frente. Entrei no ônibus e sentei-me em minha poltrona. Os passageiros mostravam grande ansiedade com a demora, pois já estávamos ali há mais de quarenta minutos. Alguns me dirigiam o olhar como se eu fosse o responsável pelo atraso do motorista. Poucos minutos depois ele entrou e uma chuva de perguntas caiu sobre ele. Ele olhou a todos com desdém, dirigiu-se ao seu assento, ligou o veículo, e nada falou.

Fechou a porta dianteira, foi dando marcha a ré e se encaminhando para o recuo da estrada para poder acessar a via de maneira segura. E assim foi feito. O trânsito estava bem tranquilo. O ônibus foi paulatinamente assumindo uma velocidade adequada e meu coração parecia gritar de alegria por estarmos indo na direção da minha cidade.

Com o decorrer da viagem, fui sentindo uma agradável sensação de bem-estar. Fiquei a pensar na repercussão de minha ausência em Salvador. Pensamentos viajavam, misturando-se a fatos antigos como sonhos incríveis. Voltava no tempo, antigas namoradas surgiam em cenas improváveis. Paixões, fugas, tristezas, encontros com parentes já desaparecidos, brigas de ruas com rapazes que eu nem havia conhecido antes.

De repente, uma forte freada do ônibus me trouxe à realidade. Era um cervo que passara na frente do veículo, e o motorista teve que acionar o freio e impedir o acidente, desviando-se do animal.

O susto de todos foi enorme, e o motorista desfilava uma série de impropérios com todo o volume de sua voz.

Prosseguia a viagem e eu não mais conseguia me recuperar dos incríveis devaneios. Eu estava esgotado, como se meus pensamentos tivessem assimilado todas as energias do meu corpo. A noite ia chegando pouco a pouco. O motorista acendeu a luz interior do ônibus e os faróis altos do veículo, já que a estrada era bastante escura e perigosa.

A viagem era extenuante. Eu procurava esticar as pernas, mudava a posição da cabeça, mas não passavam as dores musculares que eu sentia.

Depois de um tempo, a porta do banheiro que ficava no fundo do ônibus começava a ser usada com maior frequência. Confesso, caro leitor, que urinar com o ônibus em movimento numa estrada marcada por curvas era um exercício de extremo equilíbrio e pontaria. Eu tive que usar o sanitário, e entrei no estreito espaço que me balançava constantemente. Urinei aos pouquinhos e terminei aquela difícil empreitada. Olhei para o espelho e vi o rosto de Pedro novamente projetado na parede me desafiando, como se me impusesse sua soberania naquele incessante oceano de bizarrices.

Meu coração batia rápido. Desviei o olhar do espelho e tratei de sair dali com a maior rapidez possível. Voltei ao meu assento.

Sentei-me e procurei esquecer o que vira no espelho. Fechei os olhos e tentei inutilmente dormir, carregando comigo pensamentos ancestrais. O ônibus ia veloz pela estrada como se ele mesmo tivesse o dom de se deixar levar e idealizar os seus próprios caminhos.

Eu entrara em um círculo vicioso que me parecia sem volta e sem saída. Meus pensamentos se desordenavam atabalhoados, envoltos numa sensação de caos. Não conseguia descansar, tampouco dormir. Pois foi em Salvador que eu dormi pela última vez.

O motorista, por seu turno, imprimia ao ônibus uma velocidade média, e reparei que alguns trechos pelos quais passávamos eram muito parecidos com outros por onde já havíamos passado. Esse fato estranho me chamou muito a atenção, mas eu não poderia fazer nada, e me deixei levar pelo acaso.

A viagem parecia se alongar. Novas curvas, poucas casas, os mesmos outdoors, postos de combustível que pareciam totalmente iguais aos outros. De Barbacena a Salvador são aproximadamente 1.530 quilômetros, o que dava cerca de 22 horas de viagem, mas já tínhamos percorrido trechos além desse tempo. Eu ia percebendo que o motorista-reserva apresentava um ar inquietante na sua poltrona, como se não entendesse o que estava acontecendo. Duas vezes ele levantou-se de seu assento e foi falar com o condutor do veículo. Por outro lado, alguns passageiros começaram a levantar de suas poltronas e iniciaram conversas paralelas. Reclamavam da demora da viagem e começaram a se revoltar, discutindo com o motorista.

O passageiro ao meu lado estava visivelmente irritado. Em certo momento, ele virou-se na minha direção e me perguntou:

— Não achas que estamos viajando em círculos?

Nada falei, imaginei o sofrimento dele, mas me contive. Apenas resolvi dirigir-lhe uma resposta para consolá-lo:

— É, eu sei. Já estamos esgotados de tanta viagem. Pensei que era normal, já que é a primeira vez que eu viajo a Salvador.

— Eu faço todo mês essa viagem, mas nunca demorou tanto. Dá-me a impressão de que o motorista está inteiramente perdido.

Parece que estávamos à mercê dos ares. Na realidade, ventava bastante naquela noite. Eu olhava para a margem da estrada e via que alguns arbustos dançavam ao passar do ônibus.

Estávamos em sérios apuros. Em verdade, eu sabia muito bem o porquê de tudo aquilo. Aquelas pessoas estavam sendo prejudicadas por minha causa, e eu não podia fazer nada.

Súbito, o motorista diminuiu drasticamente a velocidade do ônibus e o estacionou à beira da estrada. Em seguida, desligou o motor do veículo, levantou-se da poltrona e, dirigindo-se a todos nós, em voz alta, pediu silêncio.

— Por favor, pessoal. Faço esse trajeto há mais de cinco anos. Nunca aconteceu o que está ocorrendo nesta viagem que estamos fazendo. Conheço o caminho como a palma da minha mão. Hoje está muito estranho. E não sei o que é. Estamos viajando em círculos, voltando pelo mesmo caminho. É loucura, não sei o que fazer.

Muitos passageiros começaram a fazer perguntas de toda ordem ao motorista.

— Como assim? Se conheces o caminho por que estás perdido? Afinal, não usas GPS? Estás bêbado?

Era uma chuva incessante de repreensões, que ia se agravando à medida que outras pessoas ingressavam na discussão. Até uma senhora com uns oitenta anos ou mais começou a agredir verbalmente o motorista.

Tudo aquilo me condoeu e, de repente, tomei uma difícil decisão. Afinal, eu não estava vivendo aquela "normalidade". Pedi o silêncio de todos e falei ao motorista:

— Meu amigo, o responsável por todo esse incômodo, por todas essas circunstâncias inexplicáveis que vêm acontecendo na viagem sou eu!

Houve um alvoroço dentro do ônibus. Os passageiros começaram a se aproximar de mim para me agredir e começaram a me insultar sem parar. O motorista resolveu tomar a frente da discussão e passou a me defender.

— Pessoal, por favor, vamos nos acalmar. Parem com isso. Vamos ouvir o passageiro... Senhor...

— Jonas.

— Senhor Jonas, explique-nos então. Por que o senhor se sente culpado por essa viagem, da maneira que está sendo?

— Pois bem, eu não posso explicar claramente o que está acontecendo, mas sei que, para que todos cheguem em Salvador, é necessária a minha saída do ônibus. Motorista, por favor, abra a porta para eu descer.

— Como descer aqui? Que ideia maluca é essa?

— Pois é, nem eu entendo. É um grande mistério o que está acontecendo comigo. Assim como o profeta foi jogado do barco para o mar, eu quero ajudar a todos, sair do ônibus e não mais prosseguir nessa viagem. Motorista, por favor, abra a porta. Estou sem mala. Vou descer.

Foi justamente o que fiz. Desci daquela viatura do inferno e, de repente, o sol imediatamente apareceu enquanto o ônibus era engolido pelas sombras da noite que se escondiam. Me vi novamente na entrada da cidade de Barbacena.

CAPÍTULO XX

—•❥❥ ❦❦•—

O sol se alegrava em festa e eu via crianças passeando no portal da cidade, rindo em bandos, soltando balões coloridos para o céu, que os recebia completamente azul.

Eu seguia em frente, sem roteiros ou certezas, mas feliz por ter cumprido a obrigação de ajudar toda aquela gente que estava no ônibus. Estava certo, entretanto, de que tudo aquilo tinha sido somente ficção. Nada ali era verdadeiro. Mesmo assim, sabia que eu havia tomado a melhor atitude. O profeta que citei era meu xará. Ele fez o mesmo no texto bíblico, mas não estamos em Nínive, e em Barbacena não há mar, nem, obviamente, peixes grandes.

O sol estava intenso. Eu continuava caminhando sem um lugar para ficar. Subitamente, um tiro de revólver foi dado atrás de mim. Reagi de forma instintiva, atirando-me ao chão. Novamente um outro disparo, que zuniu próximo ao meu corpo.

Ouvi pessoas gritando, e vi muita gente querendo se abrigar em vários lugares. Eu continuei deitado e fui verificando cuidadosamente partes do meu corpo para ver se eu estava ferido. Não sentia dor. Onde estaria o atirador? Eu não havia sido atingido. Fui me esgueirando pelo chão, para sair daquele local e esconder-me.

Eu, como fugitivo do tempo, parecia agora estar sendo caçado como um criminoso. Para minha sorte, os estampidos cessaram.

Levantei-me cautelosamente na calçada e, a princípio, não havia ninguém atingido por perto.

Os pedestres passavam por mim, com os olhos em alguém que havia sido baleado do outro lado da rua, um pouco mais adiante, e estava cercado por dezenas de pessoas. Nem me olhavam, e suas fisionomias não estavam apreensivas. Fui tirando o pó da roupa enquanto já ouvia uma ambulância chegando próximo ao ocorrido. Observei de longe a remoção da pessoa atingida, mas não pude identificá-la. As pessoas foram se afastando do lugar e vi à minha frente aquele restaurante onde, pela primeira vez, conheci Sofia. Não me atrevi a ir até lá. Fui caminhando aleatoriamente e me vi ao lado da igreja matriz de Nossa Senhora da Piedade. Ela está ali, fincada em solo mineiro desde os anos 1700. A arquitetura barroca predominava naquela época. É um templo historicamente importante, imponente, que surge majestoso aos que chegam na Praça dos Andradas.

Prossegui caminhando, e passei por vários pedestres portando seus celulares, perdidos em suas conversas, perdidos no mundo, dentro de seus aplicativos, aproximando-se dos amigos mais distantes em suas telinhas coloridas, tropeçando em pedras, desviando-se dos que vinham na direção contrária, quase se chocando de frente com eles, alienados em seu mundo virtual.

Como falávamos, a igreja estava ali desde o século XVIII, impávida, alheia a tudo que vinha acontecendo ao seu redor. Três séculos de história. Eu a observava, isolado tal qual um espécime de laboratório, querendo me conhecer e sair desse mar perdido. Era como tirar as meias sem mover os sapatos. E pensar que ainda há pouco quase fui atingido por projéteis atirados a esmo. Será que a solução seria rezar? A igreja estava fechada, rigorosamente cerrada. Sua imponência para que serviria, já que negava o acesso às pessoas ao seu interior nos momentos mais críticos como aquele? Não que eu quisesse rezar, pois não sou religioso, mas sei que há pessoas neste século que ainda buscam soluções para os seus impossíveis problemas.

Onde estaria a polícia para averiguar a ocorrência de minutos atrás? Tomei uma decisão. Resolvi então esquecer esse mundo de loucura e caminhar pelas ruas adjacentes. Não consegui mais encontrar o restaurante. Eu me sentia como se estivesse no mar, fugindo de Nínive, conforme o texto bíblico relata. O meu xará passou por maus bocados, no meio de gente estrangeira, tendo que salvar a si, e não aquela gente. Era a afirmação da antítese na leitura do livro do profeta. Ah, quanta vontade de estar no ventre do grande peixe, e no mar de Salvador!

Ouve-se um ruído de sirene de outra viatura se aproximando. Olho em sua direção. Era uma ambulância. Os comentários ao meu redor diziam que aquela viatura estava conduzindo uma pessoa atingida por tiros há pouco disparados. Ora, pensei eu, a pessoa baleada já havia sido levada para o hospital há uns bons minutos. Dei de ombros. Olhei para o horizonte e pensei: *era mais uma desse tempo imbecil!*

Lembrei que eu não tinha tanto dinheiro nos bolsos como imaginava, mas, verificando com mais cuidado a minha carteira, notei que eu estava com o meu cartão de débito e ainda havia algumas cédulas de cinquenta e cem reais que consegui subtrair do apartamento de Pedro. Tive a impressão de que elas nasciam como árvores, somente para sustentar as sandices que me surgiam a cada instante. Acalmei-me. Não iria passar fome. Pelo menos, por enquanto.

Saindo da praça, bem no alto de um prédio, tremulando como um símbolo para marcar terreno, estava uma bandeira. Era da cor azul, com um círculo de cor branca, onde havia um sigma em seu interior. Representava a marca do Partido Integralista, fundado por Plínio Salgado e extinto na era Vargas.

A bandeira tremulava ao sabor da força dos ventos. Como se embalasse um estranho espírito de guerra, invencível e permanente. Ali deveria ser a sede do grupo Humanitas. Não me atrevi, entretanto, a fazer qualquer gesto como o de me encaminhar para o edifício. *Pedro, ao me ligar, tinha razão. Transformaram uma filosofia imaginária de um louco em fatos. O Humanitas está aqui. O pensamento de Quincas Borba se transformou em uma ação política*, imaginava eu com os meus pensamentos desordenados.

Desviei o olhar e fui procurar alguma pousada para descansar daqueles caminhos tortuosos. Resolvi então agir como qualquer cidadão barbacenense.

Para alcançar uma pousada próxima dali teria que percorrer vários caminhos. Era como andar às palpadelas.

Dobrei a primeira esquina e entrei numa rua de pedestres. Era uma rua comercial, com muita gente se cruzando. Parecia que estávamos misteriosamente próximos ao Natal, já que as pessoas carregavam muitos pacotes com embalagens coloridas e dois homens vestidos de Papai Noel me davam essa certeza. Na porta das lojas os vendedores alardeavam slogans para os produtos que vendiam. A balbúrdia de sons confundia quem fosse comprar alguma coisa. O calçamento da rua era de paralelepípedos, o que resultava estar pisando às vezes em falso. As topadas eram constantes. Eu mesmo já tinha dado várias. A questão era ter que andar numa rua onde as calçadas estavam entulhadas de camelôs e seus produtos. Os vendedores das lojas portavam microfones. A fuzarca era terrível. Sons confusos e nomes mais ainda. A rua era comprida, mas pelo jeito não havia um centímetro para negociar se outro camelô chegasse com seus produtos.

Aquela impressão de bagunça talvez fosse o próprio horizonte da minha mente. Fui caminhando sem intenção de comprar nada. Aliás, eu precisava economizar o que eu ainda tinha. Desconhecia totalmente o que viria a seguir. Observava as pessoas e enxergava nelas o desconhecimento, a apatia, a solidão, o espectro da desigualdade, de uma gente fadada a cumprir a vontade determinista do capitalismo.

Era tanta gente que, mesmo olhando para o horizonte, eu conseguia enxergar grupos de pessoas caminhando.

Onde encontrar a pousada? Na interseção desta rua com uma rua de trânsito de veículos, divisei um letreiro onde se lia: "Hotel". Essa simples palavra parecia estar preenchida com tudo o que esse lugar poderia me oferecer, isto é, pouquíssima coisa. Um lugar sem nome. Simplesmente: Hotel.

Encaminhei-me na direção do estabelecimento e entrei. As portas eram de *blindex*. Lá dentro havia uma portaria rústica, com um senhor de meia-idade sentado atrás do balcão e, atrás dele, um móvel onde as chaves dos quartos eram postas. Cumprimentei-o e ele atenciosamente me respondeu sorrindo. Disse-lhe que queria um quarto, pois precisava descansar e tomar um banho.

O preço da diária era compatível com a qualidade do hotel. Perguntou-me sobre quantos dias eu iria ficar ali hospedado. Disse-me que a diária incluía o café da manhã, que era servido das seis às dez horas da manhã no pequeno salão de refeições no segundo andar.

— Para mim está perfeito. Não sei precisar quantos dias eu vou ter que ficar aqui em Barbacena.

Adiantei-lhe três diárias, o que lhe fez abrir um sorriso de orelha a orelha. Não fez meu registro e foi até o elevador comigo. Era uma estranha geringonça metálica com porta pantográfica, que fazia um barulho estranho, como se estivesse prestes a encerrar sua função a qualquer momento e a não se mexer mais. Paramos no terceiro andar. Saímos do elevador, ele fechou a porta e eu fiquei com a pulga atrás da orelha. *Por que aquele homem não fez perguntas sobre a minha bagagem? Como ficaria mais de um dia no hotel sem ter roupa para trocar?*

Vieram muitas conjecturas à minha mente. A principal, e mais lógica, que me convenceu, foi a de que aquele hotel devia receber vendedores de outras cidades que lá pernoitavam, faziam o seu trabalho durante o dia, e no outro, viajavam para diversas cidades. Suas malas ficariam no próprio carro. Tudo bem, estranho, mas era um motivo aceitável. Eu não tinha nenhuma certeza dessa simplória explicação, mas já estava tão confuso com relação ao que me acontecia que parei de fazer presunções e esquecer esses detalhes que não acrescentavam nada à minha vida.

Eu teria que comprar pelo menos uma calça e umas duas camisas e cuecas. Como o tempo girava como um louco labirinto ao meu redor, também não poderia ficar gastando dinheiro só para mostrar boa aparência.

Resolvi descer e me encaminhar para uma loja próxima onde compraria todos os apetrechos necessários.

Cruzei com uma mulher que me lembrou Sofia. Ela prosseguiu caminhando como se fosse transparente. Mas posso jurar que era ela mesma. A seu lado, caminhava uma senhora de seus quarenta anos, e parecia ser saudável. Ao passar por mim, lembrei-me do seu nome. Era dona Benedita, mais precisamente Maria Benedita, prima de Sofia.

Eu a chamei. Ela olhou-me e Sofia acompanhou o gesto da prima. Os olhos azuis de Sofia iluminaram a cena, preencheram o vazio das sombras, coloriram as minhas expectativas, minha ilusão. Nunca um azul tão forte e marcante predominou em algum dia, vindo de uma personagem que se tornou gente.

— Pois não, senhor...

— Jonas. Meu nome é Jonas — disse secamente à Maria Benedita.

— Eu o conheço?

— Não sei se a senhora vai se lembrar, mas já nos vimos e nos falamos.

— Não faço a menor ideia, senhor Jonas. Esta — dirigindo-se à prima — é Sofia.

Os olhos de Sofia, ah, os olhos de Sofia. Eles me transpassaram, mexeram com meus pensamentos, conversaram com a luz dos meus próprios olhos. A cena é praticamente indescritível, caro leitor. Nem Caravaggio conseguiria conceber na tela uma expressão tão rara e esplendorosa como a que estava diante de mim. Ah, Sofia, Sofia, que paixão louca que tive ao vê-la, aparecendo e desaparecendo, como a luz de um farol que orienta os navios para que não se choquem contra os rochedos que se levantam das profundezas do mar.

— Pois não, senhor Jonas.

— Eu, eu... — Comecei a gaguejar. Quase perdi o fôlego. — Sofia, como vai Pedro? — perguntei-lhe sem graça, pois não havia nada que saber naquele momento tão fortuito.

— O senhor conhece Pedro? — perguntou Maria Benedita.

— Sim, sim, o conheço. Ele é meu primo. Como ele está?

— Não muito bem — disse Maria Benedita. — Encontra-se hospitalizado. Imagine que ontem ele foi atingido por um tiro próximo à igreja.

Foi uma surpresa ter sido logo Pedro a pessoa que foi atingida por um dos tiros disparados a esmo. Eu não sabia se mostrava perplexidade ou aceitação, já que a magia tece seus caminhos por fatos que se correlacionam, e ali estava acontecendo justamente essa artimanha do real maravilhoso.

— Eu estava lá — disse constrangido —, tive que me refugiar dos tiros lançando-me ao chão. Então era Pedro...

— Sim. O problema é que há um projétil alojado em seu peito. Foi sorte ter sido do lado direito, mas os riscos são muito altos.

Sofia me olhava com seu profundo olhar azul, demonstrando curiosidade, como se eu fosse um espécime raro que surge de repente diante dos olhos de um cientista, fixados nas lentes de um microscópio de última geração. No frigir dos ovos, era muito bom que aquilo estivesse acontecendo, pois era uma grande oportunidade de anular o mistério que se instalou, e poder, quem sabe, voltar a ser eu mesmo, com personalidade plena, depois daquela estranha viagem de ônibus.

Maria Benedita, incrivelmente, com um olhar generoso e mítico, perguntou-me:

— O senhor quer ir visitá-lo? Estamos indo agora ao pronto-socorro.

Essa pergunta foi a salvação para que eu saísse daquela angústia que me oprimia. Finalmente, eu tinha um lugar para ir. Até ali eu me encontrava dentro de uma floresta, sem vento, sem umidade, sem o cantar dos pássaros.

— Mas não seria incômodo? — disse-lhe, mostrando-lhe ingenuidade, um pouco idiota.

Sofia abriu os seus lábios e expandiu o perfume de sua linda voz:

— Claro que não, senhor Jonas. O senhor pode vir conosco.

Quase que dou um grito de alegria, um berro, um uivo. Toda aquela forte ansiedade que me dominava e me entristecia o coração começou a ser domada, como um chucro que passa a obedecer, de repente, ao seu domador.

— Obrigado, muito obrigado — disse à Sofia e à Maria Benedita.

E fomos andando em direção ao hospital para visitar meu primo. Caminhava ao lado de Maria Benedita, no extremo oposto de Sofia, que ia andando com tanta graça que eu chegava a ver, de soslaio, os seus seios arfarem, com o ritmo da sua respiração.

Atravessamos duas ruas quando surgiu diante dos meus olhos o edifício do hospital onde Pedro estava hospitalizado.

CAPÍTULO XXI

—·⟫⟪·—

*Cuando el hombre ama de veras,
su pasión lo penetra todo y es
capaz de traspasar la tierra.*

Rubén Darío

Meu primo havia levado um balaço no peito. Estava sedado, respirando por aparelhos, com um tubo de oxigênio quase que incrustado em seu rosto. A cena era terrível. Fiquei chocado com aquele quadro. Era triste o aspecto de Pedro e, pelo que via, ele preocupava bastante a equipe médica, que o cercava de cuidados. Quando Sofia o viu, através do vidro do corredor, as lágrimas começaram a descer-lhe pelo rosto. Inicialmente tive uma profunda compaixão. Depois, refletindo sobre tudo o que estava acontecendo, eu comecei a fazer analogias entre o Pedro que eu estava vendo e o que era realmente o meu primo. Aquele que me recebeu no seu apartamento, o que se suicidou, segundo relato inacreditável de Sofia, jogando-se do seu próprio apartamento, o Pedro que me ligara quando eu estava em Salvador... Eram vários Pedros, um número ridículo de Pedros, e todos farsantes. Faziam parte de um tempo apocalíptico. A questão que se punha era: *como conviver com todas essas visões anárquicas da imaginação?*

Maria Benedita consolava Sofia e eu era a própria expressão do ceticismo feito carne. Como suportar tudo aquilo? Como acreditar nas visões que raiavam na minha presença? Como expressar qualquer tipo de sentimento, se tudo o que ali estava era uma patética cena de ficção?

Olhava para Sofia. Via aquele corpo perfeito, sem marcas em sua pele, sem manchas. Era como uma esfinge que pedia para ser decifrada. Comecei a imaginar como Machado poderia ter uma personagem tão vil em seu romance que, agora, fora do livro, se revelava um ser imaculado, perfeito, com um corpo excepcional, com um sorriso incomparável. Seus lábios, delineados pela natureza, eram um convite indecoroso ao beijo mais extravagante. Os dentes exibiam a alvura da neve. Um nariz de mulher grega. Um pequeno corte no meio do seu queixo desenhava um enigma, que jamais seria entendido pelos escultores mais célebres. Seus olhos azul-celeste, diferentemente da personagem de Machado, que os tinha negros, era um convite a uma viagem entre os astros, estrelas, desejos e loucuras. Esses olhos eram o meu desafio, incitando-me à descoberta do sublime. Nada nela era exíguo. Ao contrário, tudo permanecia puro, como se as mãos do tempo não a alcançassem. Desculpem-me, leitor, pecar pelo exagero na descrição de Sofia. Vamos voltar para onde está meu pretenso primo Pedro.

O médico veio em nossa direção, e era frequentemente interpelado por pessoas que estavam no corredor e aguardavam notícias de seus parentes hospitalizados. Ele desincumbiu-se educadamente de dizer a alguns sobre a situação dos enfermos e veio calmamente falar com Sofia e Maria Benedita.

Afastei-me um pouco e fiquei observando a conversa. Segundo entendi, o projétil estava alojado em uma área preocupante, próxima à artéria pulmonar, e seria inevitável a realização de uma cirurgia para extrair a bala que ficou encravada próximo àquele vaso.

Virei-me e me pus de costas para os três. Na minha mente, me vinha aquela sensação de estar outra vez sendo iludido, levado novamente àquele túnel de mentiras e enganos, no turbilhão de um tempo circular. Essa impressão desagradável que eu estava experimentando mais uma vez causava-me um efeito quase que patológico, uma excitação doentia, abalando meus sentimentos. Quando pensava que talvez nunca mais eu fosse sair de Barbacena e que ficaria enclausurado sem poder voltar para Salvador, eu sofria abalos e perturbações profundas, contudo, quando sentia a presença de Sofia, mesmo sabendo que ela só poderia existir na minha confusa imaginação, vinha-me um ânimo que me alegrava, espargia consolo, um entusiasmo, um arroubo, uma busca em me realizar naquela figura impetuosa e linda.

Na realidade, eu estava diante da mulher que talvez sempre tenha sonhado para a minha vida. Seu vulto me excitava, me lançava contra a realidade, me questionava, enfim, eu já não sabia como conviver em um contexto tão apavorante, o qual só podia ter vindo das páginas concebidas pela pena genial do Bruxo do Cosme Velho.

Caro leitor, consegue imaginar o que é viver num bosque sem o cantar da passarada? Pois é justamente o que se passa nessa metáfora que me atinge, ao presenciar o fantástico invadindo minha privacidade, meus desejos e quereres. Tudo ficou seco, inerte, sem caminhos por onde eu pudesse seguir e me desvincular desse delírio. Eu amava Sofia; pronto, confesso. Como esquecer que o que eu sentia era fruto de uma árvore que se escondia entre seus galhos somente para me enganar? Como ter resiliência suficiente para enfrentar tudo aquilo?

Súbito, o médico me chamou. Fui me aproximando deles, obviamente ressabiado. O que estaria querendo falar comigo aquele homem misterioso de branco?

— Estas senhoras estão me dizendo que o senhor...

— Jonas.
— É primo do acidentado?
— Sim, sou seu primo.
— Estávamos falando que o estado de saúde do senhor Pedro requer muitos cuidados. O projétil se alojou numa área bastante sensível e perigosa para que possamos removê-lo. Nós estamos formando uma equipe multidisciplinar para realizarmos a cirurgia, tamanha a sua complexidade, e, assim, resolvermos esse caso. Por enquanto, seu primo, como já disse à dona Sofia, ficará na UTI do hospital até que definamos a rotina que será desenvolvida pela nossa equipe para realizarmos a intervenção cirúrgica.
— Compreendo, doutor.
— Bem, agora terei que ir. O horário de visitas é somente das quinze às dezessete horas, mas, excepcionalmente, podemos estender mais um pouco depois que o senhor Pedro passar pelos procedimentos cirúrgicos e for transferido para o quarto.

Sem ter o que dizer, diante de tanta loucura, tentei me recompor já com as têmporas pegando fogo, totalmente embaraçado. Eu só conseguia suspirar fundo e ficar procurando palavras.

— Sim, compreendo doutor — foi apenas o que consegui balbuciar.

Verifiquei então que no jaleco do médico, acima do bolso esquerdo, estava escrito: Dr. Camacho, o mesmo que tratou do meu joelho quando fui atingido por uma bicicleta. Ele não me reconheceu.

Ressalto ainda, caro leitor, que o personagem doutor Camacho, no livro do Bruxo, era engenheiro, e este senhor do qual falamos agora é médico. Um festival de confusões oriundas do Cosme Velho explodindo nessa fantasia desvairada. Haja paciência!

Eu sobrevivia a tudo aquilo como se estivesse participando de uma película, sem legendas, em preto e branco, de longa-metragem. À medida que o filme ia sendo projetado, havia alguém sobrenatural com uma tesoura cortando cenas, incorporando outras, colando-as, inserindo novos fotogramas, criando movimentos anárquicos.

O médico voltou a concentrar sua atenção em Sofia, dado que ela "era" a esposa de Pedro. Maria Benedita acompanhava a conversa dos dois sem emitir qualquer tipo de comentário, e eu os observava com ânsias de acabar com tudo, como se baixasse o pano naquele teatro cruel.

Passei a não ouvir mais nada que ali era dito. Como tudo era ficcional e incrível, resolvi me afastar e fixar minha atenção naquele que estava internado, a quem chamavam de Pedro, todo entubado, às vésperas talvez da nova morte. Os aparelhos registravam sua pressão arterial e seus batimentos cardíacos. Na tela de um deles, ao lado de sua cama, estava cem por setenta. O soro estava pela metade. Subitamente, uma enfermeira interrompe a conversa, dizendo ao médico que estava tudo normal com o meu primo.

— Obrigado, enfermeira. Quero apenas que observe o comportamento do ritmo cardíaco. Se está tudo normal, vamos esperar a reunião da equipe médica.

— Pois não, doutor Camacho. Posso me retirar?

— Sim, enfermeira.

É inacreditável como uma história fantástica é uma cópia fiel do real, chegando a nos impressionar.

A conversa recomeçou entre o médico e Sofia. Depois das informações da enfermeira, percebi que houve em Sofia uma reação positiva, como era de se esperar. Maria Benedita não dava um pio.

A farsa continuava. Doutor Camacho, um engenheiro que agora era médico, com uma postura de grande conhecedor da arte de curar, estava ali diante dos meus olhos. Eu observava a tudo com uma ânsia de agredir, xingar, desferir impropérios por todos os lados daquele horrendo corredor. Provavelmente Pedro até já deve ter sido sepultado. Lembrei-me da loucura do seu suicídio e da minha estada metafísica no apartamento dele. Isso sem mencionar que Sofia já teria sido minha.

Ufa, leitores, que sofrimento! Porém não posso deixar de compartilhar a história toda. Vamos ver até onde chega o final desse estranho percurso mágico. Machado, certa vez, escreveu que "as próprias ideias nem sempre conservam o nome do pai, muitas vezes aparecem órfãs, nascidas do nada e de ninguém[...]". Acompanhando o raciocínio do Bruxo, nada é original, nada é verdade, tudo se transforma em nada. Ou, ressalte-se, o nada se transforma em tudo, como diria Lavoisier.

Esta história é como um rio caudaloso que passa pelos rincões mais longínquos das minhas ideias, todavia não vai para o mar. Há um refluxo que embaralha a água com sonhos, coisas e desatinos. Além disso, onde há mar em Minas Gerais?

Paciência, leitor, mas todo narrador é um déspota abominável. Espere mais um pouquinho, não feche o livro.

— Jonas — falou-me Sofia, sacudindo levemente a manga da minha camisa. Eu estava viajando tanto em meus pensamentos, devaneando, divagando, que nem percebi que as duas estavam ao meu lado querendo dizer-me algo.

— Mil perdões, Sofia. Me ausentei um pouco com essa forte tribulação. Eu estou tão preocupado com Pedro que me perdi nas minhas reflexões e nem me dei conta de que a conversa com o médico havia chegado ao fim.

— Tudo bem, Jonas. Nós agora vamos sair. Eu vou para casa. Se você quiser, venha conosco e almoçaremos juntos.

— Não, não, Sofia. Muito obrigado. Tenho algumas coisas para resolver.

— Aqui em Barbacena?

— Sabe como é, tenho que ir ao banco, e não estou ainda com fome.

— Nada disso, Jonas. Vamos lá para casa e almoçaremos juntos com Maria Benedita. Que tal?

Uma alegria insana e perversa tomou conta de mim. Era como se uma paixão invadisse a minha mente e o meu corpo, desfocando minha atenção com a realidade e se entregasse totalmente ao delírio. Obviamente, respondi que sim. Meu coração batia em turbilhões. Eu estava possuído por aquela mulher com seus olhos de um azul suave e infantil.

Saímos do hospital e fomos conversando amenidades até chegar àquele mesmo condomínio onde estive hospedado há algum tempo. Centenas de metros atrás, Sofia me chamou a atenção para um casarão estranho, de cor amarela, talvez abandonado, e fez a seguinte observação:

— Jonas, está vendo essa construção antiga? Fez parte da herança de um professor aqui da cidade. Pois bem, ele, de rico, ficou paupérrimo, porque foi enganado por um casal que morava no Rio de Janeiro. Quando retornou para Barbacena, ele estava sem dinheiro e sem saúde, e morreu louco.

Eu estava apavorado, com vontade de sair gritando pela rua ou correr até não poder mais. Enquanto isso, Sofia, com Maria Benedita à frente, caminhava sem perceber o meu espanto, enquanto nos dirigíamos ao elevador.

CAPÍTULO XXII

—•⟫⟪•—

Mesa posta. Maria Benedita tomou para si a incumbência de arrumá-la, enquanto Sofia servia o almoço. Eu não sabia o que fazer. Deixei-me entregue ao estranho sonho, embora não estivesse dormindo.

À mesa, Sofia gesticulava com graça e leveza. O mover dos talheres, a delicadeza no partir a carne, o ato de levá-la à boca pareciam movimentos encantadores, como os gestos de uma bailarina que, graciosa, acompanha com o seu corpo os naipes dos violinos da orquestra numa valsa de Strauss.

Maria Benedita, a toda hora, perguntava-me se eu queria isso ou aquilo, apresentando-me as iguarias, ameaçando servi-las no meu prato.

A situação era sui generis. Eu me perguntava se aquilo que eu estava saboreando era um assado de pesadelos ou se eram alimentos, frutos da magia. Mesmo de sabor agradabilíssimo, aquele almoço infringia a lei da razão. Cheguei a pensar que, na verdade, eu deveria estar em Salvador, num surto de desordens da mente, bastante duradouras, lideradas por uma turba de pensamentos transpassando todas as cenas, as pessoas e as personagens. Stefan Zweig diz que "o sono desconhece o tempo". E era justamente isso que eu estava sentindo naquela hora.

Sofia começou a falar de Pedro. Algumas lágrimas começaram a brotar em seus olhos. Estranhamente, senti ciúmes. Era realmente uma incontrolável insensatez.

Após a sobremesa, Sofia me convidou para sentar-me no grande sofá da sala juntamente a Maria Benedita.

Reparei na tela pendurada na parede. Era a mesma que vi quando estive naquele apartamento há algum tempo.

Sofia, curiosamente, virou-se para mim e disse:

— Jonas, vou mostrar a você algumas fotos que fazem parte da coleção familiar de Pedro, que estão no novo álbum e vão lhe causar espanto.

Aquela fala de Sofia veio como um raio à minha mente. *Que seria aquilo? Álbum de fotos? Por que queria mostrá-las a mim?*

Maria Benedita foi para a cozinha, levando a louça e talheres que havíamos utilizados no almoço, enquanto Sofia tratava de trazer o álbum de fotografias.

Eu fiquei ali sentado, observando o tapete com motivos orientais, tendendo ao vermelho, sendo acariciado pela cortina da sala, embalada pela força dos ventos que invadiam o apartamento, e o ruído do lustre de cristal que dava um toque suntuoso de beleza ao ambiente. Maria Benedita iluminava mais ainda o ambiente, ligando todas as luzes da sala e do corredor, de onde vinha Sofia com um lindo sorriso nos lábios. Ela sentou-se ao meu lado com um álbum enorme, de cor branca, com dois corações interpostos na capa e riscos dourados em suas margens. Meu coração batia forte. Lembrei-me de que Roland Barthes escreveu que "toda fotografia é um certificado de presença". Esta expressão é, no mínimo, um ataque direto a quem estiver mexendo com esse registro do passado.

— Este álbum começou a ser feito por mim e por Pedro pouco depois que nos casamos. Há fotos do nosso casamento, de viagens de férias e do cotidiano aqui mesmo da cidade.

Ouvia-se a louça sendo lavada na cozinha por Maria Benedita, enquanto Sofia naturalmente encostava seu corpo ao meu para mostrar-me o álbum. Na primeira foto, de tamanho grande, Pedro e Sofia, trajados para a cerimônia, compartilhavam um largo sorriso. Ele, de terno preto, listras azuis bem delgadas, cabelos alinhados talvez com fixador. Sofia com um esplendoroso vestido branco que lhe tomava o corpo como se estivesse no paraíso, abrilhantado por um sorriso, fruto de uma eterna felicidade.

Enquanto ia vendo as fotos, e observava os movimentos que as mãos de Sofia executavam lentamente, da direita para a esquerda, fui tomado por um desejo quase que incontrolável. A vontade de interromper a mostra e agarrar o corpo daquela mulher percorria todos os meus poros, sem escrúpulos e sem medo. Meu olfato conseguia captar das fotos os perfumes de Sofia que se misturavam, da mesma maneira que meus ouvidos interceptavam magicamente o som das palavras que vinham da sua boca, sem ela sequer tê-las pronunciado. Meus olhos se concentravam nos seus joelhos quando as folhas do álbum se moviam e os descobriam. Eu estava inteiramente mudo, uma mudez forjada, porque era tanta beleza e tanta atração que se manifestavam que a poesia, que era criada em minha imaginação, se fundia com o silêncio na impossibilidade da fala.

Súbito, Maria Benedita surgiu na sala, causando-me grande transtorno e realçando minha timidez.

— Ah, o famoso álbum — disse para Sofia com um certo muxoxo.

Sofia a convidou então para sentar-se junto a nós no sofá. No ato de se deslocar para abrir espaço para Maria Benedita, suas pernas roçaram docemente nas minhas. Não pude impedir uma ereção — com toda a sinceridade, caro leitor.

A cena ficou desenhada da seguinte maneira: eu, Sofia e Maria Benedita, nessa ordem, sentados no sofá, da esquerda para a direita, tendo como referência a porta de entrada do apartamento.

Após as fotos do casamento, apareceram as da viagem da lua de mel. Passaram-se em São Lourenço em Minas Gerais. No Parque das Águas, Pedro aparece em um barco, remando alegremente com Sofia à sua frente, com um olhar perdido, talvez pensando na sua nova vida, que iria se iniciar com a rotina de uma mulher casada, dona de casa, vivendo para o seu marido. Em outra foto, que me chamou muito a atenção, Sofia está com metade do seu rosto apagado e Pedro com um olhar estranho, cinzento, como se estivesse decepcionado. Apontei a foto e Sofia virou a página imediatamente, demonstrando constrangimento. De repente, ela abriu um sorriso curioso e recomeçou a mostrar as outras fotos que faltavam.

Em pouco tempo, as fotos iam abrangendo o cotidiano. Pedro lendo um livro no mesmo sofá em que estávamos sentados. Sofia na cozinha, de avental, virada de perfil, como se fosse surpreendida pela câmera de Pedro. Logo a seguir uma foto inusitada, em preto e branco, surgiu do lado esquerdo do álbum. Era uma foto do casal tirada em Salvador. O Farol da Barra se projetava ao fundo. Era incrível o que eu estava vendo. Pedi a Sofia para que não virasse a folha. Nessa fotografia estavam Pedro, minha mãe, minha tia — mãe de Pedro —, Sofia com um cão no seu colo, e eu, bem magro, com a camisa do Bahia.

Imediatamente me levantei do sofá. Fui bastante ríspido e me encaminhei para a porta de saída. Maria Benedita demonstrou descontentamento pela minha atitude.

— Senhor Jonas, o que é isso?

Sofia nada falava. Fechou o álbum e levantou-se. Virou-me as costas e foi para o quarto, talvez para guardá-lo.

— Por favor, senhor Jonas, o que aconteceu? Não vá embora assim desse jeito.

Confesso que eu não sabia o que fazer. Mais uma vez havia mergulhado nas cavernas da obscuridade, dos mistérios e do desespero.

A pergunta irrespondível: *como eu poderia ter estado em Salvador com Sofia?*

De repente, Sofia voltou à sala e me dirigiu a palavra:

— Jonas, eu entendo tudo o que está pensando. Sei como que se sente, conheço suas dúvidas, suas amarguras, sei de tudo.

— Como sabe de tudo, sabe como me sinto, Sofia? — disse-lhe mais perplexo ainda.

— Sei que você sente saudades da sua gente, que Barbacena não possui o lazer que as praias da sua terra têm, mas você não pode abandonar o seu primo nesse estado em que ele está.

Ufa! O susto foi muito grande. Cheguei a imaginar que aquela personagem, aquele ser incrivelmente mágico, inexistente, que é levado como marionete pelo narrador, de repente iria assumir o comando do texto e confundir a história a seu bel-prazer.

Eu sorri para as duas como se estivesse concordando com tudo o que Sofia havia dito.

De repente, seguiu-se um silêncio, que eu mesmo, caros leitores, não sei explicar. Elas me olhavam e eu comecei a me sentir envergonhado por participar daquela cena ficcional. Não sabia se pedia licença, e voltava a me sentar no sofá, ou se me despedia para nunca mais voltar. Optei pela segunda hipótese. Estava esgotado. Não poderia mais compactuar com tanta sandice. Há que se botar freios na literatura.

A indignação de Sofia foi instantânea, chegando a me ofender, proferindo palavras que até desabonavam a minha conduta.

— Seu canalha!

Imagine, caro leitor, eu ser insultado dessa forma por uma personagem de Machado, pura entidade literária, que se meteu na minha vida, causou-me embaraços, bloqueios, afastamentos da realidade, desde que essa fantasia teve início. Eu sendo xingado por Sofia, mulher desenhada pela imaginação do Bruxo no século XIX, com uma beleza jamais vista na descrição de qualquer personagem feminina de nossa literatura realista.

Olhei seriamente para Sofia, com um sorriso amargo, e pedi à Maria Benedita que abrisse a porta. Sofia virou-se de costas e seguiu pelo corredor que levava à cozinha. Maria Benedita nada disse, abriu a porta, olhando-me pesarosa, e a fechou atrás de mim.

CAPÍTULO XXIII

—•⋙⋘•—

Mil coisas iam passando na minha mente enquanto eu esperava o elevador. Aquele episódio, embora mítico, mentiroso, irreal, confuso, deixara-me extremamente angustiado. Em verdade, eu desejava freneticamente estar mesmo junto à Sofia, olhá-la, ouvi-la, acariciá-la, vê-la jogar-se aos meus braços. E agora, o que fazer para passar esse tempo que não tinha fim?

Saí do elevador e me vi fora do prédio. Não fazia noção de que caminho tomar. Se dobrava à direita, ou à esquerda, ou se atravessava a rua ali mesmo para o outro lado. Estava parado na calçada. Passava pouca gente, e todas as pessoas pareciam robotizadas. Dava-me a impressão de que já havia visto aquelas pessoas em outros lugares. Curiosamente sentia muito calor. Tive vontade de tomar mais um banho. Mas para que, em realidade, banhar um corpo que não existia, não suava, que estava sempre com a mesma roupa, com o mesmo par de sapatos, tal qual o povo hebreu que ficou durante quarenta anos com as mesmas alparcas, com a mesma vestimenta no deserto. Procurei desviar aquele pensamento derrotista para longe. Eu nutria uma grande esperança de que aquilo tudo, aquela agonia insana, iria passar. Provavelmente eu estava sendo conduzido para um lugar paradisíaco, um tipo de horizonte que se perdeu no tempo, qual uma terra prometida que nunca chegava. Eu não levava bagagem, e carregava pouco dinheiro. Decidi então caminhar aleatoriamente.

Resolvi partir para o lado esquerdo. Começo então a ouvir uma algazarra vinda de pessoas em minha direção. Lembrei-me da época dos primeiros anos da ditadura militar de 1964, quando, de repente, um grupo de estudantes começava a correr da polícia e tínhamos que nos proteger durante os confrontos. Mas a gritaria não era de estudantes, vinha de pessoas das mais diversas idades, que corriam em desabalada carreira. Eu entrei no primeiro bar que me apareceu e fui observando aquele séquito estranho que passava gritando palavras de ordem.

Várias viaturas da polícia apareceram com as sirenes ligadas, mas percebia-se que não era uma perseguição para prender as pessoas que passaram por mim. A intenção era apenas de afastá-las daquele local e protegê-las.

Passada aquela visão do inferno, eu me dirigi a uma pessoa atrás do balcão, provavelmente o dono do bar, e perguntei-lhe sobre as pessoas que estavam sendo perseguidas. Ele pensou a resposta, demorou a concatená-la e, com um ar patético, respondeu:

— Não sei!

Fiquei pensando no que falar ou fazer. Agradecer aquela resposta idiota ou continuar a minha caminhada sem rumo. Optei por sair dali, não olhar para trás. Afinal, qualquer lugar daquela cidade era falso e, portanto, não merecia explicação de ninguém. Duas pessoas conversavam próximo da esquina e ouvi que falavam de Humanitismo. Acelerei meus passos, dobrei a esquina e senti que não sabia onde mais estava.

Caros leitores, sei que tenho sido repetitivo, e que insisto em afirmar os vieses de minha vida louca e incompreensível. Mas o que faço é contar como tudo estava acontecendo, sem inventar, sem querer influenciar ninguém, só para convencê-los de que tudo "existiu".

O tempo é o governador da vida, e diante dele até mesmo as pessoas mais abonadas sabem que há que respeitá-lo. Quando temos então uma cronologia infiel e rotativa, as coisas tornam-se cada vez mais traiçoeiras, e perdemos o tato em julgá-las e temos que vivenciá-las de qualquer jeito.

Muitas coisas me instigavam, mas a que mais me induzia à dúvida era o fato de que Rubião, um dos personagens principais em Quincas Borba, não se apresentava nessa insanidade. O próprio Machado escreveu que "Rubião era sócio do marido de Sofia" — que não era Pedro, obviamente — "em uma casa de importação à rua da Alfândega" (uma rua no Rio de Janeiro).

Outra questão que muito me perturbava era o fato de eu não ter sono. Eu, que sempre gostei de tirar uma sesta após a refeição. Quando penso nisto, lembro-me de que Machado escreveu que "a insônia é a musa dos olhos arregalados". O Bruxo tinha razão, a não ser pelo fato de eu não dar falta dessa "musa". Contraditoriamente, não sentia insônia, só não sentia sono. Era um louco paradoxo.

Em meio a dúvidas, controvérsias e inúmeros desvarios, eu ia caminhando, conhecendo os prédios, observando o crescimento que a cidade ia alcançando desde que eu chegara, transportado pelo tempo, pelo invisível. A construção civil estava em amplo progresso. Homens trabalhando com seus macacões e capacetes próprios para a construção civil. Na frente de uma obra estava escrito Dom Casmurro Residencial. Eu li, mas não dei atenção ao que lia. Confesso que quase gargalhei. Aquilo era mais um desafio para minha paciência em lidar com o absurdo. Eu era levado então pelas reflexões, pelas horas que pareciam não passar, mesmo que percebesse as mudanças no dia, na tarde e na escuridão da noite que chegava.

Entrei numa livraria apenas para ver os títulos e manusear os livros, já que eu tinha que ficar restrito ao dinheiro que tinha no bolso para minhas refeições. Era uma loja de aspecto triste, sem nada que chamasse a atenção na arrumação das obras nas prateleiras. Tinha poucos livros e o vendedor, bem idoso, de posse de uma prancheta transparente, preenchia um formulário nela encaixado. Seu olhar estava focado em uma prateleira com livros antigos. Parece que conferia a existência de algumas obras com a relação que estava anexa à sua prancheta. Com certeza não me viu chegar, já que o cumprimentei e ele nem respondeu ao meu cumprimento. Escreveu alguma coisa no formulário, desviou o olhar para o outro lado e aí me conseguiu enxergar.

— Pois não, deseja alguma coisa?

Eu me sentia oprimido ali naquele lugar. Um intenso temor tomou minha alma. Quem sabe se eu não poderia ser atingido por aqueles personagens dos livros de romance ali expostos. Tudo era crível nessa total incredulidade.

Fui à prateleira dos romances de Machado e peguei uma edição antiga de *Quincas Borba*. Fui folheando o livro e de repente li uma passagem que sempre achei interessante e costumava usá-la na análise de texto para as minhas turmas em Salvador.

> Um casal de borboletas [...] acompanhou por muito tempo o passo do cavalo (de Carlos Maia), volteando aqui e ali, um casal delas acompanhou por muito tempo o passo do cavalo, indo pela cerca de uma chácara que beirava o caminho, volteando aqui e ali, lépidas e amarelas.

Outro texto de que gostava envolvia Sofia — a do livro — sendo assediada por Rubião:

> A palavra saía-lhe rápida, séria, digna e comovida. Ocasião houve em que os olhos se lhe tornaram úmidos; ela enxugou-os, e ficaram vermelhos. Rubião pegou-lhe na mão, e viu ainda uma lágrima, — uma pequena lágrima,

— escorregar até o canto da boca. Jurou então que sim, acreditava em tudo. Que ideia aquela de chorar? Sofia enxugou ainda os olhos, e estendeu-lhe a mão agradecida.

Aquela mulher que embaralhava os pensamentos de Rubião, que se encantava com o aspecto masculino de Carlos Maia, era a mesma Sofia, esposa de Pedro.

O velho vendedor me observava refletindo sobre os textos de Machado e nada comentava. Fui para um volume de *Dom Casmurro* e pensei em Bentinho, me aparecendo para falar de Capitu, e contar-me histórias que se passavam com o casal, principalmente expor ali aquela mulher de "olhos oblíquos, de ressaca e dissimulados".

Imaginei o aparecimento repentino de Carlos Maia, o mesmo por quem a personagem Sofia se apaixonou, para me contar sobre o conceito que ele defendia sobre a conversação masculina. Chamava-nos de "grosseiros, cansativos, frívolos, chulos, triviais". Pensei: *Esse Machado cria cada personagem esquisito*. Se fôssemos analisar, por exemplo, o Faria, iríamos ter à nossa frente um personagem bastante estranho, "que nem sorrir sabia", conforme as palavras do próprio Conselheiro Aires. Machado chega a dizer que o seu sorriso era "de cárcere". Quem conseguiria sorrir estando encarcerado, privado de sua liberdade, tendo que cumprir um determinado tempo afastado da pessoa amada, da família, das atividades normais que preenchiam a sua vida?

— Senhor, senhor, está se sentindo bem? — perguntava-me assustado o idoso vendedor da livraria, olhando-me esquisitamente, diante da minha divagação esdrúxula.

— Sim, sim, tudo bem. Não se preocupe. É que eu falo sozinho quando estou diante da leitura e fui tomado por um êxtase incontrolável. Fico sempre assim quando estou no meio dos livros. Sonho acordado numa biblioteca ou numa livraria, como agora, por exemplo. Os livros me curam as fraquezas, as tristezas, as frustrações.

Aquele homem que ali estava de repente se recompôs, alterou o seu modo de proceder, antipático e alienado, para me dar total atenção e olhar-me com vivo interesse.

— O senhor pretende comprar alguma obra especial?

— Gostaria de comprar tudo — disse-lhe risonho, brincando. Ele riu e eu emendei:

— Estou de broma, como dizem os espanhóis. Em realidade faço sempre assim em toda livraria que entro.

— Fique à vontade então. Estou fazendo um levantamento dos livros de literatura de autores brasileiros.

— Gosto de Machado.

— E quem não gosta? Meu romance preferido é *Quincas Borba*.

Dei uma enorme gargalhada que fez aquele idoso falso e inexistente me olhar assustado, como se eu fosse de outro mundo e não ele.

— O senhor sabia que ele morou aqui em Barbacena? — E foi me contando toda a história do romance, sem pedir-me autorização para fazê-lo. Falou-me da fortuna que deixou para o seu cuidador, um professor medíocre, e para um cão que levava o seu próprio nome. Descreveu a filosofia do Humanitas, e do seu renascimento ali na cidade, com grupos formados por adeptos dessa seita.

— Que nunca existiu na realidade — falei-lhe sério, e ele objetou também seriamente:

— Como não existiu, eu sou um seguidor do Humanitas. Ao vencedor as batatas! — gritou.

Eu já não conseguia ouvir mais nada que aquele homem me dizia. Estava lançada a sorte novamente. Um redemoinho de loucuras girava na minha cabeça, descobria os mistérios e enganos. Saí daquele lugar sem cumprimentar aquele "ser humanitista".

Estava novamente caminhando a esmo. Lembrei-me do hotel onde me hospedei logo que fui transportado, e resolvi procurá-lo para deitar-me um pouco. Talvez eu conseguisse dormir e acordar vivendo numa outra situação, ingressando na realidade.

Assim fiz. Depois de caminhar bastante e de ir perguntando sobre o hotel, afinal o encontrei. Entrei no quarto. Um lugar extremamente rústico. Cheirava a palha seca. Deitei-me como estava, de sapatos e tudo.

Fechei os olhos, e, mesmo não pegando no sono, muitos fatos supostamente vividos foram passando em minha mente, como num filme de terror. Revi o tiroteio que redundou no ferimento de Pedro; o encontro com Sofia e Maria Benedita; a minha saída extemporânea do apartamento de Sofia, deixando-a bastante aborrecida e amarga, e, por fim, a cena surrealista dentro da livraria, que me arrebatou novamente para o caos e a escuridão. Palavras do Bruxo espocavam em minha mente, como se fosse eu que as tivesse pronunciado: "Nunca poderás saber a energia e a obstinação que empreguei em fechar os olhos, apertá-los bem, esquecer tudo para dormir, mas não dormia". Ainda com os olhos fechados, me perguntava: *como sair de vez de Barbacena*? Já havia tentado uma vez, em vão, através daquela inusitada e terrível viagem de ônibus já conhecida pelos caros leitores. Chego às vezes a desconfiar que eu tenha me transformado em outro personagem que Machado escreveu e que ainda nem li, ou talvez ele tenha pensado em escrever, e não o conseguiu. Um personagem terrivelmente incompleto. Machado diria que "eram tantos os castelos que engenhara, tantos e tantíssimos os sonhos, que não podia vê-los assim esboroados, sem padecer um forte abalo no organismo". Abri os olhos. *Chega! É muita sandice!*

Imediatamente várias expressões fixaram-se nos meus ouvidos, como se fossem pronunciadas dentro de um túnel sem fim: *Quer sujar-se? Suje-se, gordo!* O que seria aquilo? O que significava? Eu nem gordo era!

Senti vontade de voltar àquela livraria e perguntar àquele homem idoso se ele sabia a origem daquelas expressões. Tive, contudo, medo, muito medo. Soube mais tarde que aquelas expressões foram usadas por Machado em um conto cuja síntese era simplesmente de que ninguém deveria ser julgado, tendo direito a ampla defesa, conclusão obtida em razão de Machado se identificar com o poder judiciário e se interessar pela preservação da liberdade e da justiça.

Não tive a mínima coragem de voltar àquele lugar, a enfrentar talvez tudo aquilo que se me ofereceu. O Humanitismo, o exacerbado apoio do idoso à filosofia gerada na mente de Quincas Borba, e até onde tudo aquilo poderia levar.

Eu tinha a absoluta certeza de que se eu lá retornasse iriam acontecer as mesmas coisas, e o responsável pela livraria iria repetir o seu comportamento, os seus gestos, e a sua postura de alienado.

Esperei então, e arquivei todas as minhas dúvidas no famoso "departamento de espera".

Súbito, já cansado, mesmo sem sono, fui invadido por uma ideia absurda que tomou toda a minha mente. *Vou me matar!* Abri os olhos como se tivesse encontrado o secular elo perdido. Tudo se encontraria nessa última solução. A morte seria a única solução desse sofrimento. Fiquei por um bom tempo olhando o teto do quarto. Pensamentos estranhos me assolavam. Na realidade, eu encontrara a resposta para todo o ciclo de sandices que me perguntavam e eu não sabia responder, nem equacionar essa tortuosa história.

Eu deveria dar o troco àquele desafio irreal e imaginário. Seria uma espécie de réplica ao que o destino me havia preparado subitamente. *Matar-me!* Sim, tirar a minha vida resolveria a minha tragédia. Seria a própria dissenção entre o Jonas que vocês passaram a conhecer por este narrador, esse personagem ambíguo que perambulou em todo esse tempo pelas ruas de Barbacena.

Não é fácil aceitar simplesmente a morte como se eu estivesse dando o troco ao acaso, à mentira. Utilizar-se do modo simplório de sacar a vida, como estratégia para responder ao sofrimento que me fora imposto por uma força misteriosa, que não poderia ser controlada, era uma tarefa cuja realização era extremamente incalculável. Ao mesmo tempo, havia o lado do meu ego que rejeitava essa macabra tomada de decisão.

Fechei meus olhos. Comecei a julgar o mérito da própria sentença que a mim eu havia proferido para lidar com a minha existência.

Havia tantas loucuras manifestando-se em tudo aquilo que assolou a minha vida que eu cheguei a analisá-las sob um outro prisma.

E se eu fosse duas pessoas numa só? *Como assim?*, lancei essa pergunta ao ar. Sim, provavelmente eu poderia estar em duas existências: uma em Salvador, andando na Pituba, desenvolvendo as minhas atividades normais, lecionando no curso de Letras, e a outra em uma esfera mágica, esta, na qual vivo agora. Bobagem, pura idiotice.

Voltei atrás, e comecei a afastar aquela tese absurda de duas existências, porque minha cabeça parecia que iria estourar. Em seguida, algo relembrava todas essas possibilidades e me fazia retornar àquela maldita reflexão.

Elucubrar sobre o meu suicídio era um devaneio inconcebível, mas justamente essa ação sem limites parecia mobilizar a minha paranoia que remoía o meu espírito.

As imagens da concepção do ato vinham e voltavam. Eu lutava contra tudo isso. Eu queria esquecer tudo e não destruir tudo; essa era a grande conclusão do teorema que criei naquele quarto antiquado e poeirento de hotel.

Estava de repente extremamente cansado. Não me iludia, entretanto, porque sabia que alguma coisa estava querendo se manifestar do reino das trevas para aquele lugar.

Uma sensação de poder das hostes enganosas me assolou naquele momento.

Ideias excêntricas me ocorriam. Por exemplo, a de viajar de avião para Salvador. Quem sabe se a aeronave sofresse uma pane, e ali estaria o final da minha triste história. Essa mentira, que assustava a todo instante, que se vestia de verdade, maltratando-me, corrompendo a credibilidade de tudo o que eu fazia, que me acenava com narrativas patéticas e falsas

Machado sempre foi hábil nessa arte estranha de enganar, de iludir, mas aqui a imaginação gestou e concebeu exageros chulos e extremamente fantasiosos. Neste caso a fama do escritor está muito além da realidade. Em pleno século XXI o real ultrapassou o poder das letras. Na década de 1960, o escritor e ensaísta uruguaio Ángel Rama escreveu o texto *La ciudad letrada*. E até hoje a análise sociopolítica dos povos latinos, em tertúlias, rodas literárias, congressos, é fundamentada nesse texto desse escritor falecido precocemente. O interesse por essa obra nunca se esgotará.

A realidade, pois, é injusta com os talentosos, que podem contribuir para o desenvolvimento intelectual da sociedade. Machado, com o seu temperamento schopenhaueriano, problematiza ferozmente o mundo real com a sua literatura, confunde o andamento da história, martiriza os leitores desavisados criando personagens complexos e, em vez de explicar os equívocos milenares de nossas imperfeições, ainda produz desastres escabrosos como o que estou pensando. Tateio nas trevas, claudico destrambelhado neste meu mundo desconexo.

A ideia da viagem de avião seria uma alternativa efetiva de uma volta rápida para Salvador. Mas eu estava sem grana. Entretanto pensei em todas as artimanhas para consegui-la. Aquela ideia ganhava corpo na minha mente. Mas, pensando bem, seria fabuloso engendrar uma estultícia a fim de ganhar a grana suficiente para a compra da passagem. Pensei de imediato: *se as personagens eram ilógicas, estava claro que tudo poderia ser conseguido sem lógica. Meu Deus, quanta estultícia! Quantas coisas bizarras já desfilei por aqui.*

Agora, roubar para conseguir recurso? Essa chegou ao limite. Não vou fazer isso, é lógico que eu seria incapaz de machucar o meu semelhante. Sempre fui cordato e amável com todos. Minha vida é cheia de amigos, como foram os de meus tempos de ginásio. Zezinho era um cara sacana ao extremo, bom companheiro. Estudou comigo e sempre queria que eu o ajudasse nos estudos de gramática. Beto me despertava inveja quando passava com o seu carro conversível na porta da minha casa, e as garotas ficavam caídas por ele. Orlando não saía da sala de ginástica da escola, e gostava de exibir seu físico para que seus amigos o cobiçassem. Mas por que, assim tão sem propósito, a memória faz uma viagem tão inexplicável? Eu já havia tentado ligar para eles logo que começaram a se manifestar essas loucuras, mas todas as chamadas foram infrutíferas. Como não estava com meu celular, dependia do uso dos orelhões que ainda havia em algumas ruas da cidade.

Fiquei sabendo, ao conversar com o atendente do hotel onde eu estava, que não havia linha aérea regular em Barbacena. Não me convenci. Não é possível que não houvesse tráfego aéreo naquela cidade. Ainda bem que estavam afastadas aquelas ideias imbecis que tive do suicídio.

Resolvi sair e caminhar. Me deparei com uma loja que vendia material de construção. Um homem, com seu corpo visivelmente acima do peso, estava à porta. Eu o cumprimentei e ele me respondeu sem muito entusiasmo, com suas bochechas enormes, como se estivessem penduradas em suas faces e prontas para serem infladas tal como um balão. Era, além disso, careca, mas ainda havia cinco fiapos na parte superior da cabeça, como se quisessem dizer "daqui não saio, daqui ninguém me tira". Estava com a barba por fazer, provavelmente há dias. Ele sorriu para se mostrar delicado e, com aquela burocrática e repetitiva expressão de vendedor, abriu sua boca:

— Posso lhe ajudar em alguma coisa?

Havia um espaço entre os dentes de baixo da sua arcada dentária que o tornava semelhante a um personagem de desenho animado. Do que me lembro, com um bigode enorme, mas não sei seu nome. Voltando à descrição: *Se ele não se preocupa com a sua própria aparência, como pode conduzir os negócios de sua loja?* Eu disfarcei, e disse-lhe que estava apenas conhecendo a cidade. Saí de fininho e aquele homem ficou na calçada como um GPS, olhando minha retirada por rumos talvez perigosos e mais longos. Eu também cometera um erro descomunal. Por que perguntar a um tipo assim os horários de voos domésticos? Já fazia parte do meu delírio. Concluí que aquele homem nem existia e segui andando.

Depois de tanto procurar e me informar, soube que os voos comerciais estavam há muito cancelados. A EPCAR, que era responsável pelo aeroporto, somente realizava voos de instrução para cadetes da Aeronáutica. Pelo ar não morrerei, concluí até um pouco alegre.

Aquela manhã fria era uma sátira. Claro que era. Só poderia ser. Por que logo eu fui escolhido pelo destino para participar dessa experiência ingrata e martirizante? Tantos professores de literatura estão por aí, em suas escolas, universidades, dando aulas, proferindo palestras, escrevendo críticas literárias, fazendo conferências, e a ironia da bizarrice resolveu escolher justamente a mim para que eu passasse por aquela experiência drástica na área do imaginário?

O assombro em ver minhas chances de sair daquela realidade paralela através de uma simples viagem de Minas Gerais para a Bahia aumentou o meu enorme desânimo. Como uma pancada, sem aviso prévio, aquela informação me caiu como um petardo nas minhas pretensões de escapar da loucura para a realidade. Eu era como um barco perdido no oceano, com as ondas jogando-me de um lado para outro, tentando engolir-me e lançar-me em lugares abissais.

O ceticismo me abateu de uma forma jamais sentida. Eu, que cria na bondade, no valor humano, na ciência, nas artes, no que lia nos livros, de repente constatei que tudo dava errado na minha luta contra o que eu não compreendia, o irreal e o inexplicável.

Tomei uma decisão real: viver o inesperado, o incerto, o espantoso, que pudesse subitamente ocorrer. Afinal, concluí que esse feitiço talvez não passasse e eu teria de parar de sofrer, de me submeter às intempéries que o ocaso me reservara.

Sofia, a linda Sofia, aquele paredão intransponível pintado de azul, de olhos celestes de um tempo bom, onde estaria? Será que Maria Benedita ainda estaria a seu lado, impedindo momentos agradáveis que pudessem florescer entre nós? E Pedro? Como esqueceria de meu primo? Hospitalizado na UTI do pronto-socorro.

Por onde deveria começar para pôr em ordem a minha vida? Na verdade, o terror de ir visitá-lo e ficar desapontado por mais uma vez constatar que ele não era paciente do hospital era a grande questão a enfrentar. Mas algo eu deveria fazer. Não queria ir de chofre encontrar Sofia. Tinha temor de me decepcionar com a sua reação. Visitar Pedro, no entanto, poderia até reunir o útil ao agradável. Saberia como se encontrava e talvez Sofia também o estivesse visitando.

Soube, em outra ocasião, da visita que fez o inexplicável Palha ao hospital onde estava Pedro para saber do diretor notícias do seu estado de saúde, ouvindo do médico que seriam necessários uns dois meses para que ele se restabelecesse.

Lenta e caprichosamente prosseguia a recuperação do meu primo. O tempo renitente custava a passar, enquanto a cura da enfermidade de Pedro ia se pondo quase impossível. Enfim, "tudo são instrumentos nas mãos da vida".

O fato de perambular de um lado para outro naquela cidade falsa me levou à entrada do hospital. O pavor de estar diante de uma nova decepção me sobrevinha.

Fui entrando naquele lugar terrível, repleto de enfermos que chegavam e que enchiam os corredores, esperando atendimento.

Médicos e enfermeiros que passavam de um lado para outro com a intenção de corrigir o que um desastre, ou um tombo, ou uma enfermidade repentina haviam causado me provocavam sentimentos dolorosos por assistir àquele quadro e não poder fazer nada.

Dirigi-me à recepção e perguntei sobre Pedro. Uma senhora, bastante atenciosa, acessou a tela do computador, ia subindo páginas e mais páginas. Eu pensava: *Porra, é letra P*. E ela continuava a demorada pesquisa. Dava-me a impressão de que ela consultava as fichas de todos os Pedros que estiveram lá internados desde a inauguração do hospital.

— Encontrei. Pedro...

— Sim, ele...

— Já foi transferido para o quarto, mas as visitas só podem ser feitas à tarde, a partir das quinze horas.

— E como ele está?

— Perdão, senhor, não posso lhe dar essa informação, porque o médico responsável por esse paciente ainda não atualizou os dados no prontuário do paciente.

— A senhora não tem a posição anterior?

— Se ele já está no quarto é porque deve estar bem melhor.

O quadro de saúde de meu primo era falso? Essa ideia me ocorreu logo que a atendente começou a responder às minhas perguntas. Não tinha jeito, eu teria que viver carregando aquele peso. Era monstruoso, mas estava claro que ele pertencia a mim. Ele teria sido feito para mim e pronto. Agradeci a atenção que a funcionária demonstrou, e já estava de saída, quando me lembrei de lhe perguntar o número do quarto em que estava Pedro. Quando me virei para perguntar, divisei o vulto de Sofia. Vinha na minha direção. Estava sozinha. Provavelmente já havia visitado Pedro. Eu fiquei feito um palerma, sem saber o que dizer, sem conseguir abrir a boca para cumprimentá-la. Aqueles olhos azuis eram um verdadeiro fascínio, uma enorme provocação. Ela me viu e abriu um sorriso amarelo, como se não quisesse me encontrar ali.

Timidamente, deixei que ela chegasse próximo e a conduzi para a extremidade do corredor da entrada do hospital. Ali poderíamos conversar sem sermos molestados pelas pessoas que entravam ou saíam. Ela me olhou arisca, como se estivesse me conhecendo naquele instante pela primeira vez. Seus olhos esplandeciam reflexos anis.

— E Pedro, como está?

— Está melhorando. Quer vê-lo?

— Sim, sim — disse-lhe gaguejando.

Ela então me conduziu ao quarto onde ele estava. Abriu-me a porta. Meu primo estava ainda entubado, mas sem aquele aspecto péssimo da UTI.

Era bem triste. Olhos inchados, faces amareladas, já denotando perda de peso, incrivelmente bem barbeado, e com os cabelos penteados. O soro estava pela metade, e o barulho compassado do ritmo cardíaco fechava aquela cena triste, sem dúvida, ilegítima.

Súbito, uma enfermeira entrou no quarto e Sofia lhe perguntou algo que não consegui ouvir com precisão. A enfermeira resmungou alguma coisa, que também não entendi, se encaminhou para a cama do meu primo e aplicou-lhe uma injeção através do frasco de soro. Pedro continuou como um verdadeiro cadáver com vida. A enfermeira se despediu, dirigiu-se à porta e sumiu.

Ficamos os três ali naquele lugar lúgubre, tristonho e ilusório. Pedro parecia levitar com a sua vida inexpressiva. Sofia, calada, olhava o corpo praticamente inerte do seu marido, como se quisesse transformá-lo. Eu, um louco vegetal nesse mundo de engano e de trevas, presenciava a inverossimilhança da cena.

Sofia suspirou profundamente, pegou o meu braço, e disse-me:

— Vamos, Jonas! Agora é só aguardar!

Dos seus olhos, correram lágrimas. A vontade que eu tinha era de passar os dedos suavemente no seu rosto, molhá-los, e ver se realmente o que aquele corpo produzia era semelhante ao nosso. Seriam, por exemplo, salgadas as lágrimas de Sofia?

Sofia me puxava para sairmos dali. Para onde iríamos? Seria a mesma cantilena de sempre! Mas, como um barco nas ondas, me deixei levar.

Estávamos descendo as escadas do hospital e eu não sabia que caminho tomar. Essa entrega que fiz de meu corpo e alma àquela mulher me intrigava e trazia satisfação, prazer e um profundo abatimento.

— Para onde está indo, Jonas?

— Não sei, Sofia. Estou inteiramente sem rumo, confesso.

— Então podemos conversar sobre essa sua situação.

Devo ter ficado pálido. Minhas mãos estavam gélidas e meu rosto, em contraposição, fervia. Se os humanos, ao responderem a um questionamento, usam um ponto no final da oração escrita, Kandinsky,[5] ao analisar, diria que esses pontos seriam nossos silêncios, os nossos mais profundos desejos não revelados, os suspiros para engrenarmos um outro diálogo. O final da frase, vinda de Sofia, representou um desses pontos cruciais da minha história. O que ela saberia sobre "essa situação"? Em mim, um estranho silêncio me cercava. Quais os limites da fantasia?

— Sim, podemos conversar — redargui secamente, mas com profundo interesse de estar ao lado dela, apesar de saber que havia um tempo circular e que eu passava, como espiral, no meio dele.

Ela sorriu.

— Então me acompanha?

Entreguei-me como um escravo, que curiosamente ama o seu feitor, tal como na síndrome de Estocolmo. Para onde ela iria me levar? O que me pretendia falar?

---

[5] Wassily Wassilyevich Kandinsky (1866-1944), pintor russo de arte abstrata.

Sofia estava agindo com uma leveza que realçava sua elegância, e uma certa soberania que eu não conseguia rechaçar. Eu me deixei levar em meio ao seu universo exótico. Vieram-me à mente trechos de um poema de um poeta cubano falecido precocemente: *"Y sus bellos ojos azules que tanto me encantan. Oh, virus de la angustia y del sufrimiento, hasta cuando podré estar libre de usted en mi triste vida?"*.[6] E pensava neles enquanto ia caminhando ao lado de Sofia. Seus olhos pareciam estar acesos ao cair da tarde. Para descrevê-los eu poderia até parecer um tonto, pois justamente ali residiam os mais aterradores sentimentos de um mundo inteiramente inusitado, de um mundo criado no século XIX e que se projetava em pleno século XXI.

Estava me sentindo febril, com uma profunda dor de cabeça, como um surto de algo desconhecido que surgisse de repente numa região e que não houvesse ainda uma vacina para liquidar com aquela pandemia. Do outro lado, a minha maior felicidade consistia em estar com Sofia ao meu lado, povoar a minha alma com ilusões impossíveis. O meu desejo por aquela mulher era assustador e distópico.

Sofia caminhava ao meu lado, e de vez em quando seu corpo se encontrava levemente com o meu. O silêncio nos separava. Íamos nos afastando do hospital, mas eu desconhecia completamente as intenções daquela mulher. Para onde iríamos? De que iríamos tratar? De repente, ela se aproximou de um instituto de ensino de nível médio, que eu estava vendo pela primeira vez.

— Aqui é o colégio onde Pedro leciona. Vamos entrar?

Eu não imaginava as razões pelas quais estava sendo levado para aquele local.

— Pois bem, Jonas, tenho que falar com o diretor do colégio, a fim de explicar-lhe o que houve com Pedro e o prognóstico para o seu retorno ao trabalho.

{ 6 } Luis Rogelio Rodríguez Nogueras (1944-1985).

Muitos alunos conversavam próximo à entrada do estabelecimento. Sem dúvidas, era um colégio de classe média alta.

Sofia entrou comigo e foi à sala do diretor. Eu fiquei no corredor, lendo o quadro de avisos pendurado à direita da entrada do corredor principal.

Passaram-se alguns minutos e Sofia saiu da sala, e, ao seu lado, um homem trajando um jaleco azul, com o nome do colégio bordado em relevo no seu bolso. Dentro deste, três canetas esferográficas, que com toda certeza nem eram usadas. Do seu pescoço pendia uma gravata preta contrastando com sua camisa branca. Tinha barba e cabelos bem aparados. Seus sapatos pretos reluziam. Era simpático e apresentava um sorriso confiável. Sofia o conduziu ao lugar onde eu estava e o apresentou a mim.

— Jonas, este é o professor Teófilo, diretor do colégio.

Pus um sorriso nos lábios, meio desajeitado, e me apresentei.

No íntimo, fiquei me perguntando o porquê dessa ida àquele lugar, já que Pedro estava fora de combate, naquele hospital há muitos dias, e era óbvio que Sofia já havia notificado o colégio sobre o que acontecera com o meu primo.

Fiquei calado enquanto os dois trocavam ideias sobre o estado de saúde de Pedro, o seu possível retorno, e outros assuntos que me passaram despercebidos, pois os dois se afastaram um pouco e diminuíram o tom de voz.

Foram certamente mais de dez minutos de conversa entre os dois, até que Sofia me chamou. Aproximei-me e lhes dei atenção.

— Professor Jonas — disse-me o diretor. — O professor Pedro está ausente já há alguns dias. O retorno dele, suponho, pode demorar por mais algum tempo, e, com isso, inviabilizar o conteúdo que deve ser ensinado para as turmas de literatura da língua portuguesa, justamente as do professor Pedro. Em decorrência, professor Jonas, vamos lhe fazer uma proposta.

Muitos pensamentos foram se mesclando aos meus neurônios. Dúvidas e certezas combatiam entre si. Ele estava me convidando para lecionar, cobrindo a ausência justamente de Pedro, meu primo. Olhei os olhos infantis de Sofia e em suas órbitas parecia estar escrito:

— Aceite, por favor!

— A dona Sofia falou-me sobre suas habilidades no magistério. Por exemplo, que o senhor faz parte do corpo docente de umas mais renomadas universidades da Bahia. Portanto vamos direto ao assunto: professor Jonas, vou lhe propor que substitua o senhor Pedro, na qualidade de interino da cadeira de literatura da língua portuguesa, enquanto ele estiver impossibilitado de ministrar o conteúdo dessa disciplina.

Perplexo, em silêncio, olhei para os olhos azuis de Sofia e vi que havia naquele rosto divinal um sorriso jamais visto pelos anjos. A apreensão no rosto do diretor também se fez notar.

— Sim — disse-lhe sem muito pensar.

Sofia abraçou-me. Juntou-se ali uma espécie de acoplamento de interesses. Parecia que éramos duas partes fundidas em um só corpo. Não tive qualquer receio de que o diretor mostrasse descontentamento em nos ver assim tão esfuziantes, quase mesclados um no outro. Senti a temperatura do corpo de Sofia expandir-se em ondas frenéticas. Esse acontecimento, assim repentino, convivia com uma espécie de má consciência.

Senti que Sofia notou o que havia acontecido em minha forma de pensar, com o nosso abraço, mas não se soltou do meu corpo. Era o momento mais maravilhoso dessa fantasia, embora paradoxalmente mergulhado num transe de pensamentos estupefatos. Eu estava obnubilado, porque havia ali naquele convite, e na minha imprudente aceitação, um mergulho em consequências desconhecidas. Acresce que o exagero que aquele abraço estava provocando fez — será que a ela também? — que nos separássemos. Sofia estava sem graça, e eu mais ainda, diante do diretor, que a tudo assistiu com cara de tacho.

O diretor colocou a mão no meu ombro e disse-me:

— Vamos ao meu escritório, rapaz.

Fomos os três. Eu agora passava a desenvolver uma tarefa que me agradava, e que, ao certo, iria me proporcionar oportunidades frequentes de rever Sofia.

A sala do diretor era toda cercada de sofás de couro. Um lustre pendia do teto do escritório, bem no centro da sala. A biblioteca do diretor era bem organizada e repleta de obras antigas. Um tapete vermelho em forma de círculo ocupava o centro da sala, onde havia uma moderna escrivaninha, com um notebook e uma impressora a seu lado.

Eu observava toda aquela suntuosidade e imaginava como seriam as salas de aula. No fundo da sala, de repente, observei na parede a mesma tela que estava no apartamento de Pedro e Sofia. As cores eram revoltas, como se me desafiassem para uma contenda.

Aceitei tudo aquilo, submerso de novo nas regiões abissais da loucura do tempo. O diretor, Sofia e eu fomos então para outros locais da escola. Visitamos a biblioteca, fomos às salas de aula, conhecemos o laboratório onde eram ministrados experimentos nas aulas de química, conhecemos a área de informática. Em todas as salas de aula havia um notebook para cada mesa dos alunos.

Em resumo, aquele lugar dispunha de mais recursos pedagógicos que os de universidades federais. Eu olhava direto nos olhos de Sofia e encontrava um sorriso embutido por detrás de suas pupilas. O diretor perguntou-me qual fora a minha primeira impressão.

— Foi a melhor possível, diretor. Para mim será uma honra lecionar nesta escola como professor interino do professor Pedro.

— Quando é que o senhor poderá começar?

Respondi-lhe de supetão:

— Eu já estou preparado para enfrentar esse desafio. Gostaria de conhecer as fichas dos meus alunos e a ementa do curso, além do que já foi lecionado até aqui. Creio que sejam providências impostergáveis. Desculpe-me a ênfase.

O diretor sorriu, abriu uma gaveta na sua mesa e separou alguns diários dos professores.

— Basta o senhor tomar conhecimento da performance dos seus alunos na sua disciplina e os diários de outros professores poderão ser solicitados a eles quando quiser, que eles vão disponibilizá-los para o senhor.

O diretor entregou-me as pastas e eu me despedi, alegre e com novas perspectivas de sobrevivência naquele mundo inacreditável.

— Estarei aqui por volta das oito horas.

Sofia me olhava como se estivesse orgulhosa por essa oportunidade que eu estava tendo. Tomar o lugar do meu primo como professor na escola da região era, para mim, uma espécie de revanche contra um mundo em que eu entrei sem pedir e que não me deu oportunidades para avaliar se era justo ou não viver daquela maneira.

Fomos saindo. Eu com o diário, e Sofia com sua beleza contagiante. Descemos as escadas enquanto alguns alunos iam chegando.

Sofia perguntou-me se eu queria ir para a sua casa, estudar e montar o plano de aula. Fiquei deliciosamente desconcertado.

— Jonas, não tem como não aceitar. Maria Benedita está me ajudando. Eu pedi para que ela me preparasse o almoço, e é bastante provável que tudo já esteja pronto. Amanhã, enquanto você estiver dando aulas, vou visitar Pedro.

Olhei-a sem saber o que falar. No rosto de Sofia, uma inebriante sensação de prazer. Era como se aquela espera por uma resposta da minha parte produzisse algum efeito. Instalou-se assim uma espécie de êxtase. Todo aquele sentimento represado ia se soltando. Ela percebeu que eu havia identificado a forma estranha de manifestar aquele desejo e compreendê-lo.

— Sim, vamos, Sofia — disse-lhe com um ar matreiro, mas, ao mesmo tempo, incontrolável.

Imaginem só, caros leitores, apenas eu conhecia — só eu sabia — que tudo o que estava acontecendo era produto de uma realidade paralela, então, por que ir contra a corrente? Afinal, é o rio que nos leva em direção ao mar. Não podemos esperar o contrário. Seria negar a minha própria existência. Resolvi então deixar-me conduzir por essa suspeitosa, e agora agradável, força da correnteza.

Além disso, Pedro era um ente múltiplo. Já foi vivo, já amargou um incrível suicídio, voltou a viver, e agora estava num hospital. Para mim, era o único respiro de algo que pudesse ser palpável de realidade, de verossimilhança. Ele, no contexto real, era um primo legítimo. Eu o conhecia antes de tudo isso acontecer. Ele existia antes de Sofia se manifestar, mas a questão é que eu estava convivendo com ela, sendo ajudada por ela. Estar apaixonado por uma personagem de um romance era o centro da extrema demência. Aires anotou no seu *Memorial* que "já lá dizia o poeta que a verdade pode ser às vezes inverossímil".[7]

---

[7] Machado de Assis, *Memorial de Aires*, "15 de junho".

CAPÍTULO XXIV

—•⊱ ⊰•—

Maria Benedita nos recebeu no apartamento de Sofia, portando um avental xadrez, o que lhe dava um aspecto patético. Um aroma delicioso de churros tomava aquela sala onde eu ainda estava de pé, um tanto deslocado, ao lado da linda Sofia. Quem comeria churros? Provavelmente apenas nos episódios do Chaves. Fiquei calado, deixei-me levar como um alienado. Algumas perguntas me vinham de repente, mas eu não as respondia. Afinal, para que responder indagações dessa ordem?

Sentia-me estranhamente ferindo a privacidade de meu primo. Estava no seu apartamento, ao lado da mulher dele, amando-a e ainda sendo ajudado por ela.

Sofia puxou o meu braço e me encaminhou para o sofá da sala.
— Gostaria de ir ao toalete, Sofia.
— Fique à vontade, Jonas. Já sabe onde é.

Entrei no corredor, com o meu olfato invadido por aquele curioso cheiro forte de churros. Logo à direita ficava a porta do banheiro. Enquanto lavava as mãos, eu reparei no espelho que minha barba crescia a olhos vistos. Minha roupa estava limpa de repente, e era a mesma desde o transporte místico que sofri.

UM COMENTÁRIO ACADÊMICO ENQUANTO JONAS ESTÁ NO TOALETE

O interessante que ocorre na literatura é que, enquanto as pessoas vão envelhecendo, o leitor não se dá conta da transformação que vai operando em si mesmo ao longo do tempo. Se o narrador não se manifestar, pensamos que os olhos azuis de Sofia, a barba que não cresce em Pedro, o sorriso contido de Maria Benedita sempre serão os mesmos. Se formos reler um livro que já tenhamos lido há uns vinte anos, aqueles personagens são os mesmos, com a mesma idade, com os mesmos trejeitos, manias, caracteres, mas nós estaremos mais envelhecidos, diferentes, e talvez nem gostemos mais daquilo que lemos em tempos remotos. Caberá ao leitor formar em sua mente o início e o fim da história e a própria idade das personagens. Perdão por essa divagação, mas *noblesse oblige*, uma vez que sou professor nesta ficção.

A esse processo damos o título de "estética da recepção". No imaginário do conjunto de leitores de uma determinada obra há, em meio à história, imagens díspares, expectativas, muitas vezes contraditórias para o mesmo personagem. Essa é a grande pérola da literatura. Cada um tem o Quixote que percebe, o Buendía que imagina, a Madame Bovary que será desenhada na sua mente.

Pense, caro leitor. Eu estou vivendo num universo paralelo e falso, no meio de gente abstrata, mas eu mesmo posso ser falso. Como ser concreto num mundo inexistente, inventado e copiado de outro? Eu próprio invento. Caro leitor, leia este texto demente e não se perturbe com influências. Ele não te poderá sugestionar. Verá que o prazer da leitura irá se envolver com Sofia, com Pedro, com Maria Benedita e com os meus alunos — isto é, com os alunos do meu primo, que ainda não se manifestaram.

Leitor, estamos vivendo um dia de extrema alegria, uma antevisão de algo lindo que virá à tona, assim espero.

LAVADAS AS MÃOS...

Eu estava à mesa. Ao meu lado, Maria Benedita, que havia tirado aquele horrível avental xadrez. À minha frente, linda, inolvidável, a mulher de Pedro — Sofia.

Não sentia mais aquele aroma de churros que meu olfato captou logo que entramos no apartamento. Cheguei quase a perguntar se Maria Benedita os estava cozinhando, mas resolvi me calar.

O almoço estava sendo servido. Eu me deliciava com aquela refeição que fora preparada e servida pela prima de Sofia.

O silêncio prosperava entre nós. Era como se fosse um mundo de expectativas que se abriam a cada instante. Servido o almoço, Maria Benedita mencionou que havia preparado churros. Sofia sorriu e disse-me à parte:

— Que fazer, não é? Ela gosta de churros.

Coisas assim surgiam do nada, e eu assumi a conveniência de não ser inconveniente.

Na realidade, eu ficava esperando o que o outro iria dizer ou fazer no momento próximo. Eu era um viajante do tempo, lembrem-se, portanto há dias que nascem de uma maneira, outros que vão ao ocaso, assim é a vida, como um fenômeno sobrenatural, nessa navegação estranha de um veleiro longe da costa. Não me importava com mais nada. As novidades poderiam muito bem serem falsas, porque, embora o texto bíblico diga que "as coisas velhas já passaram e tudo se fez novo", eu estava vivendo momentos nada alvissareiros ou renovados.

Resolvi focar meu pensamento nas aulas que eu teria que ministrar. Fiquei bastante interessado em conhecer as pautas das turmas e a ementa da minha disciplina. Sofia logo percebeu a minha apreensão e, colocando sua mão sobre a minha, disse-me com o seu olhar azul:

— Não se preocupe, Jonas. Há tempo suficiente para conhecer os seus alunos. — Seus olhos anis pareciam saltar das órbitas com tanta graça, delicadeza e desejo.

Eu fiquei deslocado, dada a presença de Maria Benedita entre nós. Na realidade, essa reação de Sofia me parecia um sinal de que tudo entre nós estava aprovado pelos deuses.

Continuei servindo-me da salada colorida que estava à minha frente. De repente, quebrou-se o silêncio. O telefone tocou. Era o celular de Sofia.

— Alô. Sim, é ela.

Sofia transformou-se. Seu rosto empalideceu, estava estranho. Eu, ainda comendo, a observava. Maria Benedita, apreensiva, pergunta-lhe:

— O que houve?

Sofia desligou o telefone. Seu olhar era indefinível, talvez procurando um ponto fixo na parede, onde pudesse concentrar tudo o que houvera naquela ligação.

— O que aconteceu, Sofia? — perguntei-lhe.

Naquela hora, mesmo estando em meio à refeição, junto àquelas mulheres, eu me encontrava inteiramente só, porque, em verdade, somente eu ali era real. Ou não, talvez. Dias atrás, acreditem, queridos leitores, cheguei a processar a seguinte conclusão: todos eram falsos. Até eu – Jonas – era falso. A única verdade era a minha mente trabalhando. Depois, desisti de continuar com isso, e me concentrei no que acontecia.

Os rumores da rua, os assobios da garotada do play do condomínio, o soar do relógio da parede. Todas essas coisas não me impediriam de estar só, inclementemente abandonado.

Que notícia teria recebido Sofia? Só poderia estar relacionada a Pedro.

— Pedro está piorando e é provável que retorne à UTI. Tenho que vê-lo — disse Sofia aflita, levantando-se da mesa.

— Vou contigo.

— Não é necessário, Jonas. Termine de comer. Vai comigo, Maria Benedita?

— Claro, Sofia. Num instante estarei pronta.

— Mas, Sofia, tenho que ir contigo. Afinal, será mais uma pessoa para tomar alguma providência. O que mais falaram sobre a saúde dele?

— Somente isso. Talvez ele tenha que retornar aos cuidados da UTI do hospital.

— Eu vou contigo.

— Está bem, Jonas. És um bom amigo.

Estava muito calor. A temperatura deveria estar em torno de 35 graus. O sol estava a pino. E eu com a mesma roupa. Não tinha como variar caso esquentasse ou estivesse frio.

Saímos os três. A pressa parecia fazer a rua fugir debaixo de nossos pés, como um piso rolante de um aeroporto. Caminhávamos silenciosos e apreensivos. O rosto de Sofia já apresentava sinais de fadiga e medo. Maria Benedita, sempre amiga, não largava o seu braço. Eu as acompanhava naquele trajeto desagradável, sem dar um pio. Como eu não pertencia àquele mundo caótico e fantasioso, lhes seguia os passos como se tudo fosse verdade, e fizesse parte do mundo dos vivos. O próprio Machado escreveu que "a alma da gente dá vida às coisas externas".

Eu cumpria o meu papel. Uma coisa eu sabia: Sofia era o único prazer de viver naquilo para poder suportar os desafios do inacreditável.

Chegamos ao hospital. O fluxo de pessoas era exagerado. Notei que duas ambulâncias estavam paradas ao lado do prédio. Devia ter havido algum acidente, pois não era comum, me assegurava Sofia, essa quantidade de viaturas ali paradas.

Subimos rapidamente as escadas e já chegávamos no corredor onde Pedro estaria internado. Uma maca passava entre nós com um paciente todo ensanguentado. Tivemos que parar e dar-lhe passagem. Gritos de "enfermeiros, venham rápido". Quando o tumulto se desfez, Sofia já procurava informações sobre Pedro. Maria Benedita a acompanhou enquanto eu me afastava, aguardando algo que esclarecesse o estado de saúde do meu primo.

Pude ver de longe que um médico levantou uma folha de sua prancheta, a leu rapidamente e solicitou à Sofia que aguardasse. Isto feito, encaminhou-se para uma sala naquele mesmo corredor e fechou a porta.

Sofia e Maria Benedita conversavam. Houve certa demora e o médico, ao sair da sala, foi na direção das duas. Tentei pressentir alguma marca de desconforto no olhar dele, mas estava sereno. Sua aparência era normal. Sofia foi ao seu encontro. De onde eu estava, não era possível ouvir nada do que eles conversavam. Súbito, ela deu um sorriso como se estivesse descarregando de seus ombros centenas de quilos ali alinhados. Concluí que tudo estava bem. Mas o que havia acontecido? Esperei Sofia vir ao meu encontro. Pedro tivera uma inesperada arritmia e, com a aplicação de medicamentos, tudo voltou ao normal e sua frequência cardíaca foi estabilizada. O médico explicou ainda à Sofia que essas reações são normais e tendem a se regularizar com o passar do tempo. Pediu desculpas por ter que avisá-la daquela forma, mas era esse o protocolo nesses casos. Há pacientes que não reagem e aí é necessária a presença de familiares para acompanharem ou autorizarem qualquer tipo de intervenção mais séria. Sofia estava consolada.

— Tudo está bem — falou —, graças a Deus.

Aquele agradecimento a Deus deixou-me profundamente intrigado. Perguntei-me imediatamente: *Deus existe também na fantasia — na mentira?*

Maria Benedita, com aquele ar apatetado, sempre servidora fiel de Sofia exclamou:

— Amém.

Machado escreve que ela "nascera na roça [...]. A educação foi sumária: ler, escrever, doutrina e algumas obras de agulha". Por isso, simplória, embora, ressalto, uma personagem, não uma pessoa. No que tange ao relacionamento entre as duas, Machado, em *Quincas Borba*, escreve: "Sofia acostumava habilmente a prima às distrações da cidade; teatros, visitas, passeios, reuniões em casa, vestidos novos, chapéus lindos, joias". Obviamente há que ter cuidado em distinguir essas duas do livro de Machado com essas duas do texto que foi por mim produzido. No primeiro caso, a história se passa na cidade do Rio de Janeiro, durante a corte. Essa descrição do relacionamento entre as duas explicita muito bem a razão de Sofia ser tão apegada à prima, num nível exagerado de subalternidade de Maria Benedita.

Saímos daquele lugar triste e soturno. Descemos as escadas e, estando na rua, não tinha a mínima ideia do que faria agora. Ocorreu-me subitamente a lembrança da escola e perguntei à Sofia se seria possível ter acesso aos diários das turmas, já que eles estavam na sua casa.

— Claro, Jonas, vamos lá. Se quiser, poderá elaborar o seu plano de aulas para as diferentes classes. Fique inteiramente à vontade. É um bom amigo.

Essa última expressão usada por Sofia era um mote. Todos eram bons amigos para ela. Maria Benedita e eu gozávamos desse ciclo de amizade perfeita: bons amigos!

Eu estava feliz, meu coração batia forte, e pensei: *Vou desfrutar dessa loucura, sem lançar mão de ética ou moral.*

Caminhávamos agora de retorno ao apartamento de Pedro, enquanto o sol prosseguia forte e os olhos azuis de Sofia davam-lhe reflexo. Eram de "um azul celeste, claro e transparente, que alguma vez se embruscava, raso tempestuosa, e nunca a noite escurecia".[8]

Sofia puxou-me pelo braço e anunciou calmamente:
— Chegamos, Jonas.

Maria Benedita, como era seu hábito, se pôs à nossa frente e entramos no condomínio.

{ 8 } Machado de Assis, *Esaú e Jacó*, capítulo XIX.

CAPÍTULO XXV

A noite foi caindo, o sol se pondo, e eu já esboçava em um bloco de anotações a mim oferecido por Sofia um plano de aula que eu desenvolveria na escola, enquanto Pedro não retornasse às suas atividades.

Eram três turmas. Cada uma com trinta alunos em média. Era um número pedagogicamente adequado para que a prática de ensino pudesse ser bem construída em sala de aula.

Minha meta era ensinar os alunos a desenvolverem o senso crítico de um texto, formas de leituras de mundo, para que pudessem entender a leitura dos livros e escrever bem, usando a língua culta.

Bem, seria uma experiência inovadora, em turmas de nível fundamental e médio, mas poderia ter sucesso, caso o diretor aprovasse esse projeto. Notem, caros leitores, que o ensino-aprendizagem estava sob a égide da insanidade pura. Mas o processo tem que avançar, e a imaginação, que é a alma do surreal, teria que mostrar suas armas e os caminhos para que pudéssemos subsistir a esse grande mistério que se apossava dos segundos, minutos e horas que eu nem percebia que passavam.

O mais interessante a destacar: tudo isso apenas no universo do mundo das invenções, do cotidiano que Machado preparou sem nós sabermos, já que os alunos eram inexistentes, e eu, de certa forma, também. Encarei o peso desse encargo como a melhor maneira de usufruir dos encantos de Sofia e suportar tanta tribulação.

Quando terminei já era de manhã. Não tinha dormido, não tinha sono. Sofia e Maria Benedita ainda não haviam acordado. Recostei-me no sofá da sala. Virei meu rosto em direção à mesa e o café da manhã começava a ser posto por Maria Benedita. Ela me cumprimentou, ao mesmo tempo que eu ouvia o chuveiro aberto no banheiro da suíte. Era Sofia.

Maria Benedita estava usando aquele insólito avental xadrez. Fiquei de pé para me espreguiçar e o sorriso dela demonstrou que o dia estava iniciando muito bem.

— Senhor Jonas, o café da manhã já está posto. Sofia está terminando o seu banho. Mais uns minutos e poderemos fazer o nosso desjejum.

— Sim, sim, dona Maria Benedita. Fique tranquila.

Ao acabar de falar, a porta do banheiro abriu-se. Uma sensação agradabilíssima de sais de banho veio como um vento penetrante em minhas narinas.

— Jonas, só um instante. Vou me vestir e logo tomamos o café.

— Não se preocupe, Sofia. Eu espero.

Maria Benedita encaminhou-se para a varanda e abriu as cortinas. Um forte faixo de luz anunciava que o dia vinha bastante ensolarado. Lembrei-me de que, quando estive aqui, trazido pelas mesmas forças misteriosas, pude ver um homem jogar-se da varanda de seu apartamento, que ficava em um dos andares acima do de Pedro.

Não dei guarida àquela triste e martirizante lembrança. Fui revendo o plano de trabalho que eu havia feito para a ministração das aulas na escola em substituição ao meu primo.

A fragrância de uma colônia suave e doce tomou conta do ambiente, tão logo surgiu Sofia na sala. Seus olhos sorriam para mim, como se tivessem a intenção de provocar reações de toda ordem em meus órgãos do sentido.

Eu estava embaraçado diante de tanta beleza que preenchia aquele lugar. Aquela mulher lindíssima, de pernas esbeltas, com uma cintura fina, e seu vestido destacando suas formas indescritíveis, me deixava louco. Aquele ser, criado pela literatura, provocava em mim uma sensação de verdadeiro fascínio. A visão me embriagava, me enfeitiçava, como se Sofia me subisse à cabeça e me provocasse tonteira, enjoo, borracheira. Sem embargo, não era um sentimento mau; era estar como um ébrio contumaz, entregue a sensações forasteiras que se me apareciam de repente, oriundas de um paraíso sem almas, mas somente de sonhos.

Ela deu uma gostosa gargalhada quando viu a maneira como eu a olhava.

— Que foi, Jonas? Parece-me que ficou apalermado!

Maria Benedita notou obviamente a reação de Sofia ao meu estado confuso e aturdido.

— É que na hora que entrou na sala lembrei-me de que omiti a bibliografia que terei que utilizar no plano de aulas — disse-lhe sem graça.

— Logo vi, Jonas. Só poderia ter sido um motivo relevante. Vamos tomar o café da manhã?

— Sim, sim — disse para Sofia. Levantei-me, fui ao toalete, lavei as mãos e retornei.

No rosto de Maria Benedita, uma expressão que nunca havia observado antes. Em Sofia, eu só conseguia entender a beleza que se fez mulher.

Sentamo-nos. A mesa era farta. Tipos de queijos variados, ovos mexidos, mamão papaia, fatias de melão deliciosas. Havia pão, manteiga, queijos minas e prato. O silêncio era sempre interrompido pelo estado crocante da côdea do pão que Maria Benedita produzia ao retirar o miolo. Sofia não abdicava de comer pão com manteiga. Estávamos todos assistindo a um espetáculo consumista. Era absurdo pensar que todos os dias essa cena se repetia naquele apartamento, enquanto pessoas em outros lugares careciam dos mais simples alimentos. Era um absurdo! Quanta gente que toma um simples café preto e um pão pela manhã como desjejum. Não quero entrar no mérito. Esse café era falso, o sabor das frutas era falso, Maria Benedita era fruto da imaginação, Sofia era um tipo de musa mitológica. Quanto a Pedro, provavelmente ele estivesse perambulando pela cidade, vivendo em uma outra dimensão.

Mantive minha boca fechada e segui cumprindo o meu papel insano que prosseguia cada vez mais fantasioso.

Acabamos de tomar o café da manhã e, curiosamente, nos levantamos da mesa quase ao mesmo tempo.

— Você poderia me mostrar a biblioteca que Pedro usa para preparar as aulas para os seus alunos, Sofia?

— Claro, Jonas.

Fomos pelo corredor que levava ao toalete. Na segunda porta à esquerda entramos e lá estavam as estantes de livros repletas de obras de várias disciplinas, romances, contos, dicionário analógico, de sinônimos, de antônimos, e uma seção reservada para Machado de Assis. Eu sabia que Pedro era um leitor incansável, estudioso crítico da obra do Bruxo. Eu lia, observando as lombadas dos livros, e todos da fase realista, a mais fértil e final de Machado, estavam ali à minha frente. Como tudo era fantástico, cheguei a temer que Sofia pudesse até falar comigo de dentro do livro de Quincas.

Perguntei à Sofia sobre *Quincas Borba*, que cronologicamente aparece após o romance de Brás Cubas. Ela olhou-me como quem estivesse tomado conhecimento de *Quincas Borba* pela primeira vez. Pedi-lhe licença e fui consultar a ementa do curso de nível médio onde deveria estar presente a relação de romances que iríamos abordar da obra machadiana. Estava completa, Brás Cubas, Quincas

Borba, Dom Casmurro e Aires, os personagens de Machado em sua última e gloriosa fase estavam ali perfilados. Sofia não conhecia Quincas por puro desconhecimento da realidade.

Como não pensei nisto antes?, refletia sobre essa questão. Sofia foi concebida no romance seguinte, mas não é dado ao ser mágico a revelação do autoconhecimento. Sofia não sabia quem era e por que participava dessa trama ficcional. Verdadeiramente, nem eu.

Na realidade, Sofia não tinha base em nada palpável. Era uma construção do imaginário, não plausível, sem lógica. Se ela não conhecia o romance onde aparecia pela primeira vez com Cristiano de Almeida Palha, na estação de trem em Vassouras, era porque ela própria, Cristiano, Quincas e o cão que recebera o seu próprio nome eram frutos da maldade de Machado. Em síntese: o Bruxo nos enganou!

De posse dessas informações, era somente aguardar o primeiro dia de aula, e, com o tempo, ir resgatando os assuntos que seriam ministrados às classes.

Muitas questões perambulavam na minha mente. A principal era: Pedro fazia parte do meu mundo. Ele era meu primo. Ele falou comigo ainda quando eu estava em Salvador. Falou-me sobre o Humanitas. Minha cabeça dava voltas. Resolvi me acalmar, ficar em repouso emocional. Deveria aguardar a minha apresentação como professor substituto, me inteirar do conhecimento já desenvolvido por Pedro, e ver como eu poderia agregar outros aspectos, ao conteúdo já dado.

Atrás de mim, Sofia me observava e pouco me compreendia:

— E daí, Jonas? Você chegou a alguma conclusão?

— Não, ainda não. Vou ter que planejar a primeira aula, conversar com a turma e tomar algumas decisões pedagógicas para que a disciplina seja reorientada conforme aquilo que penso.

Sofia ouviu atentamente, mas não entendeu aonde eu queria chegar.

— Você fica aqui conosco, Jonas. Quero que você vá visitar Pedro amanhã comigo e com Maria Benedita. A que horas começam suas aulas?

— Vou por volta das treze horas. São apenas duas horas de aula. Terminadas as aulas, eu irei visitar Pedro no hospital.

— Está certo, Jonas. Esteja à vontade. Pode ligar a TV se quiser.

— Obrigado, Sofia, vou estudar um pouco a programação para amanhã. Permite que eu consulte a biblioteca de Pedro?

— Claro, Jonas. Vou me recolher agora.

Eram dez horas da manhã. Como assim, recolher-se? Tínhamos tomado o café da manhã ainda há pouco. Maria Benedita estava ausente dali e Sofia se apresentava com sono. Que absurdo descomunal. Olho para fora, as cortinas da varanda estavam abertas e o pôr do sol se manifestando, enchendo de breu aquela sala misteriosa e impossível.

Comecei a mexer nos volumes bem-arrumados da biblioteca de Pedro. Sonhava em encontrar algo que me desse algum caminho para desvendar tanta irracionalidade.

De antemão eu já contava com tamanho contrassenso. Fiquei imaginando caminhos alternativos que me possibilitassem viver sem maiores sofrimentos. Por exemplo, sair dali, caminhar na direção da escola e lá ficar pesquisando na biblioteca. Mas já era noite — uma escura noite, um ambiente onde eu não me encontrava. Eu não vivia aquilo. Era um pesadelo. Além de Machado, tentei reformular a temática do curso, incluir *Macunaíma*, a grande obra modernista de Mário de Andrade, analisar Lima Barreto, dar uma passada leve em Canudos com Euclides e só. A turma ainda não tinha conteúdo suficiente para receber tanta informação.

Voltei para a varanda. Olhei para o firmamento e lá estava a luz opalina da lua me observando, talvez até gargalhando em forma de estrelas. E eram dez horas da manhã. Estaria nosso satélite produzindo chocarrices com tudo o que me acontecia?

Entrei na sala. As duas estavam dormindo no quarto. Em plena manhã de sol de quase dezembro.[9]

Resolvi dar uma volta para acalmar meus pensamentos. Abri a porta da sala, fechei-a com cuidado e me dirigi ao elevador. Na rua, o trânsito de pessoas era minúsculo. Para onde eu iria? Lembrei-me do hospital. As aulas seriam ministradas bem mais tarde. Resolvi ver meu primo, conhecer o seu estado de saúde. Afinal, ele era o único ser real que eu conhecia. Fui caminhando. Andei bastante e parecia que nunca chegaria. Não havia uma viva alma na rua. Ninguém cruzava com ninguém. E eu fui caminhando lentamente. A paisagem parecia mudar a cada instante. O hospital não aparecia. Eu tinha absoluta certeza de que o caminho era aquele. Eu o fiz junto com Sofia e Maria Benedita, mas agora estava tudo diferente, como se eu passasse por telas pintadas a esmo, para uma grande exposição. Diminuí o ritmo dos meus passos, mas nada me surgia semelhante aos outros dias. Eu estava literalmente perdido. Isso tudo em meio ao sono de Sofia e sua prima, em plena manhã, como se noite fosse.

Não havia lojas abertas nem pessoas nas calçadas, tampouco ônibus transitando pelas ruas. Eu tinha a sensação de que acabara o mundo e somente eu escapara, todavia não como um prêmio ou milagre, mas como uma terrível punição da natureza.

Fui retornando pelo mesmo caminho que aparentava ser o que eu havia feito quando saí do apartamento de Sofia. Eu ia percebendo que não tinha certeza de nada. O que prevalecia era a visão que os sentidos me traziam. Eu desconfiava de tudo. Fui caminhando lentamente, em linha reta. Olhava para a direita e para esquerda, esperando desta vez encontrar alguma referência

---

{ 9 } Parafraseando "Alegria, Alegria", de Caetano Veloso.

que me levasse ao hospital. Ledo engano! Eu nem sabia que lugar era aquele. Procurei como referência a igreja que é citada por Machado no seu *Quincas Borba*, mas foi em vão. Os sinais de trânsito funcionavam normalmente, mas não havia um automóvel ou ônibus que por ali circulassem.

Comecei a sentir medo. Um terrível pressentimento me assolava. Esses assombros, em geral, sempre acabam produzindo resultados descabidos. Lembrei-me imediatamente de Jó, personagem do Antigo Testamento; por temer, veio sobre ele justamente as consequências que esperava: "Porque temia, aquilo que temia me sobreveio; e o que receava me aconteceu. Nunca estive tranquilo, nem sosseguei, nem repousei, mas veio sobre mim a perturbação".

Caminhava numa direção qualquer. O meu relógio, que adquiri depois de ter passado as primeiras semanas nesta cidade, mostrava que eram duas horas. Como a matemática, quando se trata de tempo, exige os famosos AM ou PM e a noite parecia já ter descido o seu manto, imaginei que estava tudo correto. Era noite, apenas isso. Mas, no meu universo, seria tarde, dado que o desjejum foi mágico. Provavelmente, o único ser do planeta Terra que estava vivendo uma manhã em plena noite em Barbacena era eu.

CAPÍTULO XXVI

—•⟩⟩ ⟨⟨•—

Acalmei-me quando vi aparecer à minha frente a matriz de Nossa Senhora da Piedade. Estava então caminhando pelo centro da cidade na rua Lima Duarte. O condomínio do edifício onde vivia Sofia era próximo, portanto, eu não estava perdido. Agora era me localizar com relação ao hospital onde Pedro se encontrava internado. Não havia ninguém que poderia me dar essa informação.

Onde estariam todos? Pensando poeticamente, eu diria que houve um terrível arrebatamento, arrastando os escolhidos por alguma passagem estranha. Mas como cair nessa esparrela novamente? Como disse certa vez Stefan Zweig: "o tempo pertence a mim, eu não pertenço ao tempo".

Esse dito me proporcionou um alívio maravilhoso. Meu coração reestabeleceu o seu ritmo normal, um sorriso começou a tomar conta do meu rosto, uma sensação de paciência invadiu a minha mente. Em outras palavras, era a paz que começou a reinar na dimensão em que eu estava.

Diminui o ritmo do meu caminhar. Para que pressa? Eu era dono de todo o tempo do mundo. Súbito, um automóvel entrou na rua onde eu estava. Estava com os faróis acesos. Essa repetição repentina me causou um forte constrangimento. O motorista parou ao meu lado. A porta do carona se abriu. Aquilo me assustou. Mantive-me alerta e tentei me encostar na parede. Do automóvel, um grito:

— Jonas! — era a voz de Sofia —, o que aconteceu com você? Acordei e de repente já não estava no apartamento. Por que saiu?

Sofia dirigia-me a palavra como se necessitasse de uma companhia. Como se a minha presença fosse fundamental na sua vida.

— Perdão, Sofia. Eu saí para me distrair um pouco, respirar ar puro, conhecer como andar na cidade.

— Mas podia ter avisado, Jonas – disse-me como uma suave repreensão.

Olhei para dentro do carro e quem dirigia era Maria Benedita. Ela me viu e fez um ar de muxoxo.

— Vamos para casa, Jonas. Já está amanhecendo. Vamos tomar o café da manhã!

— Que sandice! — exclamei silenciosamente. Já havíamos tomado o café da manhã. Mas, naquele mundo mágico, a manhã se tornou noite de uma hora para outra, não almoçamos, não jantamos e já estava o desjejum às portas.

Sofia abriu a porta traseira do automóvel, eu entrei, cumprimentei Maria Benedita, e o carro pôs-se em movimento. No horizonte, o sol abria seu manto iluminando o seu poder, e o tráfego começava a se movimentar sereno e ainda indolente.

O tempo estava passando por uma espécie de movimentos antropofágicos. O amanhã virou hoje, e a tarde e a noite se encaminhavam loucamente para o outro dia. Afinal, o que seria isso? Não responda, caro leitor. A resposta está clara e completa. Não há vida, não há nada. Somos somente aquilo que não poderíamos ser: ilusão!

UMA PEQUENA PONTE COM A RECEPÇÃO DO LEITOR

É óbvio que você, caríssimo leitor, a todo instante, deve estar se questionando sobre as razões de eu não tentar uma nova fuga para Salvador. Observe, entretanto, que, a primeira vez que tentei, me tornei o próprio Jonas bíblico, que, jogado ao mar, foi engolido por um grande peixe, e vomitado nas praias de Nínive. A grande questão não se restringe à falta de atitude, ou de tomar a decisão, e fugir. O grande problema reside em minhas ideias. Quando surge o momento, vem o tempo circular e me afasta dessa vontade. Nesse momento, simplesmente eu não quero fugir, porque a imagem de Sofia me mantém preso a Barbacena.

EU, MARIA BENEDITA E SOFIA

Pois bem, entramos no apartamento de Sofia. A rotina para o serviço do café da manhã estava pronta. Olhei para a varanda e constatei que o dia se fazia claro e bem quente. Tive que dar explicações mentirosas sobre a minha saída. Justificativas surgiam sem fundamentos, sem premissas. E Sofia ouvia e aceitava tudo o que eu falava. Minha intenção não era a de convencer, mas apenas de dar ciência do que eu havia feito e bastava.

Maria Benedita havia trocado de avental, e nele havia uma estampa de flores e a expressão "Humanitas" escrita em letras góticas. Aquilo me irritava mais do que o execrável avental xadrez.

— Venha sentar-se, Jonas.

— Ok, Sofia — sussurrei mesmo sem fome.

Novamente, a mesa se assemelhava à de um hotel cinco estrelas, dada a variedade de frutas, sucos, salgadinhos, pães, queijos... Eu pensava: *por que toda essa fartura somente para três pessoas?*

E como aquele excesso de alimentos era preparado em tão pouco tempo? A excentricidade era inimaginável!

Esse contexto me remetia a um outro, como o da descrição bíblica da Terra Prometida, onde manava leite e mel. Em nossa história, entretanto, aquela paisagem, sob a pena de Euclides da Cunha, mostraria o sertão, não com um Canudos diferente, não como uma terra próspera, com rios límpidos movendo-se para o mar, mananciais de água potável, córregos, flores, nascentes, abundância completa. O que viu Euclides estava sob seca inclemente, mantida assim sob a chancela da casa-grande, dos latifundiários, dos apaniguados, dos que receberam a terra sem galardão, por fazerem parte de sobrenomes escolhidos pelos interesses escusos dos que detinham o poder. Curiosamente, aquele lugar de refúgio recebeu o nome de Belo Monte. Desculpem-me a digressão, porém Euclides detestava aquela gente sertaneja, brasileira, abandonada, destruída. Como o célebre escritor de *Os sertões* não esteve no local para ver a sua total destruição, ele contou à sua maneira a forma como o presidente Prudente de Morais destruiu o local e a gente simples que lá estava. Milhares de pobres, trabalhadores, assassinados pelo Estado, por militares que deveriam defendê-los, no final do século XIX.

Voltemos à abundância sobre a mesa. As frutas eram lindas. Suas cores, seu sabor indefinível. Nesse pesadelo em que eu estava mergulhado, estava envolvido numa paranoia, possivelmente um êxtase celestial.

Imaginei uma brusca mudança no tempo tal qual "o dia anterior". Não ocorreu. As horas foram passando no seu compasso normal. À tarde Sofia perguntou-me se eu queria visitar Pedro. Obviamente concordei com a ideia. Maria Benedita pediu desculpas por não poder ir conosco. Os olhos azuis de Sofia, espelhando muita beleza e bondade, mostraram seu agradecimento:

— Tudo bem, prima. Jonas me acompanhará.

— Não se esqueça de levar as chaves.
— Muito obrigada, prima. Não esquecerei, não.

Chegando a hora, nos dirigimos ao hospital. No trajeto, fui me lembrando de que, toda vez que ia vê-lo, eu não o via. Nem Sofia. Eu ficava distante do médico, distante do quarto e não o conseguia ver. Sofia só conversava com o doutor Camacho.

Ao meu lado, sempre linda, uma mulher lúdica. Ela me olhava sempre com o mesmo sorriso, com o mesmo aspecto, com a mesma afeição. Entretanto ela obstruía a visão do seu outro lado. Sofia era, diríamos, um muro que proibia que víssemos a sua outra parte, aquilo que se encontrava escondido atrás dos seus olhos.

O movimento de visitas ao hospital era intenso e confuso. Fomos ao quarto onde estava Pedro. Desta vez pude vê-lo perfeitamente. Estava entubado, não obstante o seu rosto apresentar um aspecto sereno. Suas faces estavam rosadas, e os lábios, mais vermelhos. De maneira geral, ele estava muito magro, seus cabelos tinham o mesmo tamanho e alinhamento, e estava surpreendentemente bem barbeado.

Embora não desconhecesse o grande espetáculo assombroso que era tudo aquilo que eu via, eu me alegrei pela sorte de meu primo ainda estar vivo.

Sofia dirigiu-se à enfermeira e notei o seu sorriso de alívio ao ouvir como Pedro estava reagindo ao tratamento.

Comecei a caminhar lentamente pelo corredor do hospital e fui observando os pacientes. Alguns, ao me virem através do vidro, me davam tchau, outros faziam caretas, outros me lançavam um olhar perdido, como se estivessem a me perpassar os olhos. Era muito triste me deparar com aquele quadro.

Súbito, percebi a mão de Sofia segurando o meu braço.

— Estava te procurando. Já podemos ir. Pedro até hoje ainda não conseguiu recobrar os sentidos, mas o doutor Camacho está certo de que falta pouco para que ele possa voltar ao seu estado de saúde anterior.

— Que bom, Sofia. Torço para a pronta recuperação dele. Mudando o assunto, eu preciso falar com o diretor da escola para confirmar o horário do curso e quando poderei começar. Podemos fazer isso amanhã?

Ela me olhou carinhosamente, da forma mais sublime que alguém pode dispensar a uma outra pessoa. Um sorriso perpassou todo o seu rosto e invadiu como uma flecha a minha alma.

— Claro, Jonas. Vamos pela manhã.

Rapidamente chegamos ao apartamento de Sofia. Maria Benedita não havia chegado ainda. A tarde começava a dar passagem à suave noite. Senti que Sofia estava necessitando do apoio de sua prima. Eu me ofereci para ajudá-la, embora fosse péssimo na cozinha. Ela agradeceu, e colocou aquele horrível avental xadrez que Maria Benedita usava. Estava bem engraçada, e Sofia olhou-me muito curiosa. Após analisar bem aquele apetrecho bizarro, ela caiu na gargalhada. Nos aproximamos, nos tocamos, nos abraçamos, nos beijamos, tudo isso diante da presença de Maria Benedita, que já havia entrado, e que ficou perplexa, não acreditando no que estava vendo.

O mal-estar gerado por aquela cena patética fez Sofia se desculpar sem parar com sua prima. Eu intervim, trazendo para mim a culpa pelo ocorrido. Maria Benedita não nos condenara e ao mesmo tempo assegurou à Sofia que ela não vira absolutamente nada e que aquela cena não sairia dali para conhecimento de nenhuma alma sequer. Ressaltou que compreendia os arroubos de um coração jovem, e que apagaria aquela visão para sempre de sua retina.

Depois daquele terrível contratempo, eu me sentia fora do círculo familiar e pedi para ficar em outro local. Sofia afirmou que não. Que eu iria ficar ali e pronto.

UM MEA-CULPA DISSIMULADO

Confesso, caros leitores, que a alegria, de novo, tomava por inteiro o meu coração. Eu estava apaixonado por aquela mulher incrível. E ela, por sua vez, não conseguia negar que nutria o mesmo sentimento por mim.

Ah, Machado, que criou personagens tão enigmáticos, como foi conceber ao longo da vida o convívio do leitor com uma personagem tão complexa, mas linda, que surgira no realismo mágico, confundindo desejos com enganos, e procuras com desesperos.

EXPECTATIVAS À MESA

Como seria de novo sentar-me à mesa com as duas primas? Como me olharia Maria Benedita? Qual o tratamento que eu receberia dela?

Estávamos mudos. Provavelmente nem a linguagem de sinais nos iria ser útil naquela mesa. A ceia estava deliciosa. Eu mastigava lentamente os alimentos. Sofia se concentrava no seu prato, e Maria Benedita quase não teve apetite. O silêncio era teimoso e persistente, e eu me sentia sem assunto, sem argumentos, sem graça, deslocado e com vontade de me sentar no sofá, aguardando alguma ideia das duas para fazermos algo que quebrasse aquela apatia que de repente se instalou naquela sala.

Tudo em vão. Eu me sentei no sofá, Sofia foi ao toalete e Maria Benedita levou a louça para a cozinha.

Confirmei com Sofia a ida à escola na parte da manhã do dia seguinte. Ela me sorriu sem graça.

O DIA SEGUINTE, SEM TER DORMIDO

A manhã se fazia luminosa, e o calor produzia suores que desciam pela testa tão logo me preparava para falar com o diretor da escola.

Sofia, entrementes, me olhava, linda, extasiante e irretocável. Sorriu meio desajeitada e colocou-se à disposição para irmos à escola.

Caminhando pela calçada coberta ainda com a sombra das marquises, ela me confidenciou:

— Jonas, queria que você me desculpasse pela minha fraqueza no dia de ontem, entregando-me a você, mas, ao mesmo tempo, não me arrependo em nada do que eu fiz.

— Ora, Sofia, já...

— Deixa eu continuar, por favor. Por esse motivo, vou ser sua companheira em tudo que você quiser. Queria chamar sua atenção, por exemplo, para o que vem acontecendo na escola ultimamente. Pedro já havia comentado comigo e eu queria que soubesse da loucura que tomou a mente de alguns professores, de alunos e até do diretor. É a questão do Humanitas. — Confesso que se aceleraram os meus batimentos cardíacos. Minhas mãos ficaram gélidas. Devo ter ficado pálido. Ela continuou: — Com o tempo você vai perceber o imenso estrago que essa filosofia está causando em todos.

Aquela fala de Sofia era um elo perdido que eu queria recuperar desde o suposto telefonema que recebi de Pedro em Salvador. Ali estava a ligação entre a filosofia de Quincas Borba e tudo o que Sofia me contou. Percebi também que saber disso era extremamente perigoso. Ela me pediu que usássemos essas informações com total discrição. Ocorreu-me lembrar do tiro de que Pedro foi alvo. *Será que há alguma correlação entre o que Pedro possa ter exposto em sala de aula e o ataque por ele sofrido?* Nada comentei, entretanto, sobre essa reflexão com Sofia.

Olhamos um para o outro e fomos falar com o diretor. Ele estava à nossa espera. Diria Machado que ele era um tipo meio pachola. Mas quem não é vaidoso neste mundo de Deus?

Ele me olhava com um ar de superioridade. Eu não ligava. Ele tinha aproximadamente idade para ser meu pai. No íntimo, esse sentimento carregava o lamento de ser mais velho, e já estar próximo à sua jubilação. E eu, jovem, bem mais jovem, no esplendor hormonal que o idoso já abandonou.

Sua mesa era imponente, de um tipo raro de madeira pouco usado nos dias de hoje. Talvez cedro, que é uma madeira maciça. Havia quatro ou cinco montanhas de papéis. Seria uma forma de mostrar serviço? Não posso dizer nada. Mas atrás disso tudo estava uma figura investida no cargo administrativo mais elevado da escola. E eu, em frente à "Sua Majestade", aguardando o momento para dar início ao meu trabalho de docente que a sorte me proporcionou. Sofia estava presente, e apenas observava o prosseguimento burocrático da reunião. Terminado aquele espetáculo de jactância, o diretor marcou para o dia seguinte o início das minhas atividades em substituição a Pedro. Disse-me que gostaria de dar uma palavra às turmas antes do início das primeiras aulas, e completou:

— As aulas começarão logo pela manhã, às nove horas.

Fui cumprimentá-lo e pude ver logo em cima da pilha de papéis, do seu lado esquerdo, a capa de um símbolo muito estranho escrito "Humanitas" no formato de arco-íris. Cumprimentei-o, logo a seguir Sofia fez o mesmo e saímos de sua sala.

Não falei nada com Sofia sobre o que eu tinha visto. Eu resolvi fazer pouco caso do ocorrido, e fiquei aguardando qual seria o próximo passo de Sofia ao meu lado. Percebi um sorriso matreiro nos seus lábios.

— Jonas, vamos jantar num restaurante aqui próximo? Eu pago — disse-me sorrindo.

Respondi-lhe que sim, e deixei a vida me conduzir com as personagens, os tempos circulantes e a utopia do devaneio.

CAPÍTULO XXVII

—•⸙⸙—

*Quem controla o passado
controla o futuro. Quem controla
o presente controla o passado.*

George Orwell

Andamos um pouco até chegar ao restaurante e, nesse trajeto, Sofia seguia me mostrando alguns pontos que eu desconhecia.

— Ali morava, comadre Angélica. Observe o imóvel, já está bastante destruído pelo tempo. Dizem que ela tomava conta de um cão que tinha nome de homem.

— Como assim? — atalhei.

— É o que contam. Não sei muito bem a história.

— E o que foi feito desse cão? — perguntei-lhe, fingindo não conhecer a narrativa de *Quincas Borba*.

— Não sei, Jonas. A comadre Angélica já faleceu há muito tempo. Eu cheguei a comentar com você algo sobre essa história. Dizem que o rapaz que ficou cuidando dele foi herdeiro universal de um ricaço aqui de Barbacena e resolveu morar no Rio de Janeiro.

Eu a olhava contando-me os fatos e, mesmo sabendo que aquilo tudo que eu ouvia era falso, eu sentia uma forte repulsa. Tive que ser dissimulado para não chamar a sua atenção.

— Que absurdo! Uma verdadeira tragédia.

— Pois é. Aqui na cidade esse caso deu o que falar. O rapaz, um tal de Rubião, e seu cão morreram de frio e fome em uma rua dessas.

Eu estava boquiaberto por Sofia não se ver nessa triangulação cruel e odiosa.

— E o que foi feito desse casal? Os dois, ao menos, tiveram que se submeter a algum processo de justiça?

Eu estava ao lado de uma pessoa má, perversa, que incorreu, junto ao marido, no crime de corrupção. E aí residia todo o contexto da filosofia do Humanitismo. O casal foi vitorioso na guerra. São regras do capitalismo. Ao vencedor — o casal — as batatas (os recursos).

Chegamos ao restaurante. Era um ambiente sofisticado, de classe média alta. As pessoas que o frequentavam demonstravam requinte no vestir.

Estranhei a escolha por um restaurante tão fino, mas a "dona" daquela noite teria de ser obedecida.

Um garçom simpático nos recebeu e nos conduziu a uma mesa que ficava no centro do restaurante. Sentamo-nos. Pude então reparar a alegria que Sofia trazia nos seus olhos. Como diria Machado, "os olhos dela seriam as próprias estrelas da Terra". Sofia tinha o dom de sorrir luz. Eu me encontrava iluminado diante dela. Do Bruxo, ainda acrescento: "trazia à vista os olhos e o corpo, elegantemente apertado em um vestido de cambraia, mostrando as mãos que eram bonitas, e um princípio de braço".

Logo, o garçom estava trazendo o cardápio. Antes que eu pudesse abri-lo, Sofia enfatizou:

— Não fique preocupado com os preços. O pagamento é por minha conta.

E novamente sorriu, penetrando com o azul dos seus olhos a cor rubra do meu rosto envergonhado. Ela estava majestosa! Os seus ombros escondidos em uma blusa negra pareciam gritar para serem expostos e apreciados. E eu ali, diante dela, aceitando tudo o que vinha de sua vontade. Escolhi o mesmo que ela, sorri quando ela sorriu, concordei quando ela era contra, e viajava o pensamento pela voz daquela terrível mulher. Ela havia aprisionado a todos naquele lugar. O garçom expressava um sorriso patife em nossa direção, e os comensais a olhavam como se estivessem observando o último copo de vinho do deserto. Eu assistia a esse espetáculo, que o tempo preparou para aquela noite como um mero participante de um show inconcebível.

A magia assumira de vez a minha vida. Deixei-me conduzir pelo fascínio do tempo. A refeição transcorria sob o comando da mulher que Pedro escolhera para se casar. Ela declamava versos, eu citava textos de autores famosos. Ríamos prazerosamente. Sofia era admirada em todas as coisas. Minha imaginação voava pelos lugares por onde sua voz me conduzia.

Subitamente ela me perguntou se eu conhecia a cidade de Vassouras. Aquilo me assustou, mas, até ali, tudo era assombroso. Incorporei naturalmente a sua pergunta e tentei respondê-la.

— Bem, Sofia. Eu conheço a cidade por dois motivos. Primeiramente porque já li um romance em que um casal e um rapaz se conhecem em um trem que tomam na estação de Vassouras. Pessoalmente, há alguns anos, quando fui de férias para um hotel-fazenda que ficava naquela região.

— Que romance foi esse que você leu? — perguntou Sofia.

A vontade era dizer toda a verdade. Que foi quando ela e Cristiano, seu marido, no romance *Quincas Borba*, conheceram Rubião no trem em Vassouras.

Mas não tive coragem de dizer a verdade, então, menti e simplesmente atalhei:

— Não me lembro muito bem, Sofia.

Pensei que ela havia se convencido da minha ignorância literária, mesmo sendo eu um professor de literatura, mas a pergunta que ela me havia feito colocou um gosto amargo na doçura da sobremesa que eu comia. Em seus olhos, Sofia ostentava o mesmo lindo sorriso...

— Vou lhe contar um segredo. Eu e Pedro nos conhecemos na estação ferroviária de Vassouras.

A loucura do tempo não parava quieta. Parecia um vendaval, levantando objetos, pedras, areia, folhas, galhos, tudo em nossa direção.

Estava tudo confuso novamente. Pensei que aquela fosse uma noite de glória, em que eu iria desfrutar com aquela mulher da serenidade de ver tudo calmo novamente. Ledo engano, diria Eça. A estultícia levantava de novo sua bandeira. Sofia começou a contar seus "causos" e leituras. Eu suspirava profundamente, e ela abria longos sorrisos.

Em realidade, éramos atores, se considerarmos que a vida nos prega uma infinidade de peças. Machado escreveu que "o destino não é só dramaturgo, é também o seu próprio contrarregra". E, quando o destino é falso, mequetrefe e insinuante, nos vemos enredados em palpos de aranha, dos quais é muito difícil sermos salvos.

A sobremesa chegava ao seu final. Um cafezinho quentíssimo selava o desfecho da refeição. Sofia soprava a xícara e eu observava o abrir e fechar dos seus lábios, como se eles se abrissem a meus beijos. Foi nesse mesmo tom que o nosso cronista maior, Rubem Braga, escreveu que "mãos, cabelos, corpo, músculos, seios, extraordinário milagre de coisas suaves e sensíveis, tépidas, feitas para serem infinitamente amadas". O nosso melhor cronista estava sendo claramente golpeado por algum fascínio, como ele mesmo confessou em uma de suas crônicas.

Sofia olhou-me como se me indicasse que deveríamos ir. O garçom veio com a conta, e ela a pagou com o seu cartão de crédito. Imagine um cartão de crédito nas mãos de uma personagem de Machado.

Saímos à rua. Eram umas dez da noite. O clima era ameno, e eu com a mesma roupa de sempre. Apesar do perigo em caminharmos numa rua pouco iluminada e praticamente deserta, Sofia preferiu que fôssemos lado a lado, sentindo nossos corpos roçarem algumas vezes. Curiosamente, ela pegou na minha mão. Eu aceitei aquele gesto, tonto de alegria. Parei. Virei-me de frente a ela e a beijei no mais longo e bendito beijo que já havia dado em toda a minha vida. Senti sua boca encaixar-se perfeitamente na minha, buscando a minha língua, quase sugando a minha saliva, que se misturava à dela. Um automóvel passou por nós, e o carona, abrindo o vidro, fez uma gracinha. Apertei com mais força o corpo de Sofia contra o meu, e o mundo pareceu-me inexistente e inabitado. Só nós dois éramos os astros de todo o firmamento. Lembrei-me da frase lapidar de Machado sobre a sua Sofia e a repeti para ela: "as estrelas são ainda menos lindas que os seus olhos".

— Vamos para casa, Jonas. Venha dormir comigo.

Meu coração bateu com mais força. Minha pressão arterial deve ter se desiquilibrado. Não falei nada. Segui-a mudo.

A felicidade é como o surgimento de ventanias que arrastam tudo à sua frente, nos tornam alegres e depois se equilibram pelo passar do tempo.

CAPÍTULO XXVIII

—·⟩⟩ ⟨⟨·—

Sofia e eu éramos um naquela cama, que abrigara por tanto tempo o seu amor junto ao amor de Pedro. O mais surpreendente é não ter havido qualquer reação, nenhum pudor, no comportamento de Sofia. Ela agia como se eu fosse o seu marido. Não revelava nenhum tipo de acanhamento. Era como dizer "eu te quero, e a mais ninguém importa esse amor".

Sofia, em realidade, era uma mulher pérfida. Machado a teria chamado de "demônio doméstico". Diria mais: Sofia era "um punhal oculto nas mangas de um jesuíta — é o assassinato lento, calculado, cruel, frio...". Não posso negar que eu me encontrava em estado de graça, mas, ao mesmo tempo, eu sabia que era um jogo perigoso. Diria melhor, eu estava brincando com fogo e as labaredas nunca perdoam aqueles que se aproximam delas. Eram muitos beijos, muitos abraços, carinhos de toda espécie, sem perguntas, sem questionamentos, um trocar de delicadezas que jamais acabaram naquela noite. O amor de Sofia vinha de um profundo coração como de um abismo, diria Machado. Eça talvez retrucasse: *ledo engano!*

E MARIA BENEDITA?

Talvez o prezado leitor esteja se questionando sobre essa trama sórdida que envolveu a história das personagens. Posso ajudá-lo a descortinar um pouco esse véu que encobriu a razão em um manto de amargura. O amor é um sentimento que nos faz penetrar por zonas nem cogitadas em nosso coração. Maria Benedita pouco importava. Ela estava presente no apartamento e já dormia no seu quarto. Dormia como um anjo. Se é que há anjos em histórias loucas. Se Sofia não se importava em dormir ali comigo, no seu próprio quarto, sabendo que sua prima estava presente no apartamento, não seria eu que iria interferir nesse clima delicioso de prazer. Machado faz uma alegoria inusitada com essa intrincada situação: "uma vez que você não pode ser padre e prefere as leis... As leis são belas".

CAPÍTULO XXIX

A noite ia passando rapidamente, todavia nosso amor não se esgotava, continuava intenso, em séries repetitivas, como se não fosse acabar jamais. Sofia se mostrava insaciável, e eu me obrigava a satisfazê-la em tudo. Ríamos bastante em um contínuo delírio de prazer e gozo.

Nós estávamos exaustos. A madrugada fria embalou nossos corpos, e a manhã chegou com a luz do sol envolvendo todo o quarto e os nossos corpos amantes. Foi Sofia que iluminou o ambiente, com o seu habitual sorriso azul. Lembrei-me do compromisso que eu tinha na escola, e dei um salto da cama.

— Calma, Jonas. São seis e meia ainda. As aulas começam às nove horas.

Sofia debaixo das cobertas, com os cabelos soltos, esplendia beleza em todo o quarto. Eu me sentia constrangido por estar no quarto de Pedro, possuindo a mulher dele. Por outro lado, aquela voz macia e terna era capaz de apagar pecados, socorrer tímidos e dar nova vida aos desvalidos. No cômputo geral, não me arrependia de nada.

Ela permaneceu deitada, revelando seus ombros de ninfa. O restante do seu corpo, coberto salientemente, sugeria gestos extravagantes. Eu não conseguia me controlar. Ela olhava-me risonha, como se quisesse que eu me deitasse novamente e usufruísse do seu corpo e do tempo que passava lépido e absoluto. Eu a olhei silencioso por um momento. Resolvi deitar-me, a acariciei e a penetrei profundamente.

— Não posso, Sofia, senão eu chegarei atrasado logo no primeiro dia de aula.

Ela mexeu nos meus cabelos desalinhados e abriu um inefável sorriso. Esse gesto dava lugar a várias possibilidades, uma das quais era não sairmos jamais daquele ninho de amor inesgotável.

Pensei em Maria Benedita, pensei em Pedro, pensei em toda aquela loucura, e fui direto para o chuveiro. Enquanto me banhava, Sofia deixava na cama uma muda de roupa de Pedro que ela havia separado para eu usar naquela manhã. Incrivelmente, era do mesmo manequim.

— Vou tomar banho no outro banheiro. Fique à vontade, Jonas.

— Sim, obrigado — respondi-lhe perplexo e um pouco envergonhado por usar a roupa de Pedro. Eu não conseguia dormir como um grande mistério.

Ela saiu do quarto. Dentro do *blindex* da suíte, em minha mente, colidiam todas as formas de pensamento. Desde o pressentimento de que Pedro entraria de repente no quarto e me agrediria seriamente, até a intuição de que Maria Benedita poderia me envenenar. Depois procurei me acalmar e comecei a intuir que eu não poderia ter medo de nada. Tudo aquilo, sem dúvida, era parte de imaginação, de um pesadelo, de um sonho mal elaborado. Aquilo não poderia existir de verdade. Tudo derivava de projeção literária num mundo de universos paralelos, com várias perspectivas insanas – uma patética paródia, ou uma rapsódia sob a ótica de Mário de Andrade.

Antes de tomar banho, verifiquei os bolsos da calça de Pedro para ver se havia algo deixado por ele. Encontrei uma folha de papel escrita do próprio punho, um tipo de crônica, um texto bem elaborado por Pedro para Sofia. Eram lindas e profundas palavras. Achei por bem deixá-las disponíveis para que os caros leitores possam ler o texto. Vale a pena desfrutar dessa leitura.

Linda e amada Sofia

Não consigo ouvir a voz da noite, como ouvia antes. Fecho os olhos, mas não vêm mais impressões lindas, com o ruído das fontes, ou do vento que acaricia as folhas da roseira. Ouço apenas a náusea do tempo, que pede para passar como se fosse uma deusa. As estrelas sobre essa paisagem refulgem longe, intocáveis, infinitas, encenando um grande céu eterno. Como então falar da paz que se busca, quando tudo é uma paz perpétua e infinita? Será que basta olhar para sentir, como diria o poeta? Não. É necessário sofrer a dor do sonho para coexistir com a manhã que nasce. Fico então sozinho para poder sentir o quanto me cinge e o quanto me enleva. Esse êxtase já estava preparado para quando a saudade chegasse e me propusesse você, soberana e tão perdida. Busco o esquecimento, mas a lembrança é como a rama que se gruda à parede que nos separa. Apronte então a sua surpresa para perceber o quanto trouxe de longe esse espírito vadio e inocente para conviver contigo. Meu braço é forte para poder recebê-la, e minha ânsia de lhe falar é enorme. Tudo que conquistei guardei para você. Tudo que desprezei, não coube em mim. Portanto venha para ser uma alma comigo, que ultrapassemos o espetáculo da luz da manhã e nos transformemos em um arrebol de devaneios.

Seu Pedro, para sempre.

Dobrei o papel e o deixei sobre a pia. Tomei um banho quente, agradável. Saí do box, enxuguei-me com uma macia toalha, onde havia a inscrição "S & P". Obviamente, as letras iniciais de Sofia e Pedro. Cheguei a me consternar de arrependimento, mas, depois, me posicionei diante de tudo. Falei comigo mesmo:

— Acorde para a realidade e aprenda com a insanidade.

Coloquei a roupa de Pedro, que me coube com perfeição, e saí vestido do quarto, resoluto a enfrentar talvez uma posição adversa de Maria Benedita.

Penetrei no corredor e cheguei à sala. Não havia ninguém. Sobre o sofá estavam os diários de turma. Subitamente, uma leve abertura de porta. Era a do banheiro. Meu olfato pôde capturar com detalhes o perfume doce e amadeirado do corpo de Sofia.

— Vou com você hoje — falou sorrindo.

— Sério? — atalhei.

— Claro. Está muito bonito com essa roupa.

Sentamo-nos à mesa enquanto Maria Benedita surgia, trazendo o café da manhã. Ela me cumprimentou educadamente, sem revelar qualquer sinal de condenação pela noite do dia anterior.

No caminho para a escola, íamos de mãos dadas. Um fato inesperado aconteceu.

— Jonas, há algo que estou para perguntar a você há algum tempo, mas não o fiz receosa de que ficasse zangado comigo.

— Ora, Sofia. Pergunte-me e eu responderei a você se souber.

— Como veio para Barbacena?

Acho que eu já havia respondido indiretamente àquela pergunta. Eu fiquei embaraçado. Como contar para Sofia a mesma coisa?

Fez-se completo silêncio. Obviamente, Sofia aguardava impaciente a resposta. Eu prosseguia caminhando ao seu lado, tentando mudar o tom e o assunto que fora levantado por ela. Ah, se eu pudesse dizer um basta a tudo e fugir daquele universo misterioso e ficcional! Mas a verdade é que eu me apaixonara por aquela mulher. Como maltratá-la? Como colocá-la numa situação desconcertante? Nem ela nem eu tínhamos culpa de vivermos nessa cruel fantasia. Resolvi falar a verdade.

— Ora, Sofia. Cheguei em Barbacena por causa de Pedro. Ele me ligou e contou-me sobre uma marcha estranha que estava ocorrendo na cidade. Pediu-me para vir até aqui, já que sou professor de literatura da língua portuguesa. O foco do interesse de Pedro era justamente a questão do Humanitas, que conversava comigo anteriormente. E aqui estou eu.

— Não acredito nessa história, Jonas — disse Sofia com o seu sorriso azul.

— Mas foi o que me trouxe até aqui. Se eu soubesse que iria me apaixonar por você, eu já teria vindo há muito mais tempo. Ela me olhou e abriu um lindo sorriso,

— Te amo, querido — disse-me serenamente, olhando-me dentro dos olhos.

Poucos instantes depois, apareceu o prédio da escola. Sofia largou minha mão, por razões óbvias, e fomos até a sala do diretor.

Sofia mostrou-se contente quando viu o diretor dirigir-se comigo à sala da primeira turma de alunos: a primeira série do curso de nível médio.

A sala era bem equipada. Havia aproximadamente uns trinta alunos. Após entrar na sala com o diretor, ele fez a apresentação do meu currículo. Que eu era professor de literatura da língua portuguesa na Bahia, e que eu iria desenvolver minhas atividades na qualidade de professor substituto do professor Pedro, a partir daquele momento.

Sofia me observava através da vidraça da sala de aula. O diretor despediu-se, fechou a porta e eu fiquei diante da turma, que me observava com um aspecto juvenil.

Fiz os cumprimentos normais de apresentação, lancei mão do diário e iniciei a chamada. Notei semelhanças incríveis com os nomes usados por Machado em *Quincas Borba*. Como já estava calejado diante de tantas sandices, prossegui, mergulhado na infâmia de tanta insensatez. Nomes como Carlos Maria, Cristiano, Joaquim Camargo, Fernando Borba e outros do gênero faziam parte dessa histeria enigmática. Era a liturgia do horror.

Havia mais alunos do que alunas, mas as notas da classe feminina eram superiores às da masculina. *Viva as mulheres!*, pensei.

Comecei a escrever a ementa do curso no quadro. Um aluno de aspecto nórdico pediu-me um aparte e me perguntou se iríamos desenvolver algum tema que abordasse a questão do Humanitas, agora em voga em Barbacena.

Olhei-o curioso e fulo de raiva e atalhei:

— Seu nome mesmo?

— Carlos Maia — disse-me com um olhar altivo.

— Bem, Carlos, essa filosofia inventada por Machado de Assis, através do seu personagem Quincas Borba, obviamente será estudada, quando analisarmos a obra realista de Machado. Só não entendi — respondi-lhe de forma ingênua — por que disseste "agora em voga em Barbacena"!

— Ora, professor Jonas. O Humanitismo ressurgiu de forma avassaladora aqui em nossa cidade.

Ele foi desenvolvendo a maneira como o movimento foi atingindo as pessoas, a criação de um organismo, o engajamento de partidários da seita, as marchas que começaram a ser feitas pelos humanitistas, a concentração nas praças com discursos dos mais célebres membros dessa corrente do pensamento Humanitas. E descrevia tudo, revelando um forte orgulho ao exibir conhecimento sobre o assunto – ele era um humanitista, concluí com certa obviedade.

— Carlos, pelo visto, aqui em Barbacena, essa filosofia, fruto da imaginação de Machado, está sendo promovida a partido político conservador.

— Sim, professor. Já li e reli várias vezes o romance e me interessei pelo assunto.

Imagine, caro leitor, um adolescente ter lido e relido várias vezes uma obra de Machado.

— Não quero fugir ao debate, que até julgo interessante, mas friso que essa filosofia de Quincas Borba, que carrega um peso enorme de ironia e metáfora, será abordada de maneira literária, e não como uma linha de pensamento real, filosófico.

— Mas, professor... Aqui em Barbacena já existe esse grupo de seguidores do Humanitas.

Eu começava a me irritar com tamanha idiotice.

— Carlos, veja bem: Quincas Borba, um personagem de ficção, criador dessa filosofia, ficou louco e morreu louco na história, e Rubião, a quem Quincas deixou toda a sua fortuna, também ficou louco, e morreu na miséria. É razoável segui-los? Pensa!

No rosto de Carlos uma profunda insatisfação. Mas eu sabia que não tinha o direito de contender com ele, principalmente porque, em realidade, ele não existia. Pedi licença ao aluno e disse-lhe que prosseguiríamos a aula, comentando a ementa que propus no quadro. Para minha sorte, uma aluna levantou o braço e pude focar a aula em outra direção.

— Seu nome, por favor.

— Fernanda, professor. Esse assunto também me interessa bastante. Estou lendo *Memórias póstumas de Brás Cubas* e lá o Quincas Borba já menciona o Humanitas. Pretendo também ler *Quincas Borba*. É o livro que se segue, não?

— Por favor, Fernanda. Peço a você que tenha paciência. Nós vamos tratar desse assunto no momento apropriado. Afinal, não é somente Machado de Assis que consta do nosso plano de aulas. Acho que outros colegas teus também têm perguntas a fazer.

A aula prosseguiu. Os alunos apresentavam excelentes leituras de mundo e chegavam até a comentar sobre a variedade linguística, dado o meu acento baiano em minha pronúncia. Eu me alegrei pelo que via. Exemplifiquei essa diversidade da nossa língua com o próprio acento mineiro na linguagem do barbacenense. Veio-me logo a imagem de Sofia e sua voz peculiar.

A campainha soou e os alunos levantaram-se com uma velocidade inacreditável. Ao saírem, iam se despedindo. Carlos Maia veio em minha direção.

— Professor, gostei bastante da sua aula, mas quero discutir com mais detalhes a questão do Humanitas.

Sorri para ele, e ele se foi. A sala de aula estava vazia. Apaguei o quadro, e a porta da sala se abriu. Era Sofia com seus maravilhosos olhos azuis. Sorria como se fosse a primeira vez que me via.

— Como foi, Jonas? Gostou?

— Adorei, meu amor. Pensei muito em você. Fez tanta falta, muita falta nesta manhã. Que bom que veio se encontrar comigo.

— Vamos almoçar aqui perto? Tenho que visitar Pedro.

Ao falar, notei que Sofia estava alegre. Eu, com ciúmes. Perguntei-lhe sobre Maria Benedita. Ela olhou-me acabrunhada.

— Vamos viver a nossa vida, Jonas. Ela é apenas uma prima, minha amiga, bem discreta, e não está levando em conta o que está acontecendo entre nós dois.

Não falei mais nada.

O restaurante desta vez era self-service e o ambiente era seleto e bem agradável. Quando fomos pesar nossos pratos, uma mulher que passava por Sofia dirigiu-lhe a palavra:

— Tudo bem, Sofia? Como está Pedro? Nunca mais tive notícias dele.

Eu me adiantei, deixei as duas conversando e fui procurar lugares para nós dois.

Sentei-me no fundo do restaurante e reservei uma cadeira para Sofia. A conversa das duas demorava e eu as observava. A mulher sentou-se no primeiro lugar vazio no centro do restaurante, e

Sofia veio sentar-se ao meu lado com aquele sorriso irresistível. Ela tomou a iniciativa de falar-me sobre a conversa com a sua amiga. Era uma vizinha que residia no mesmo condomínio, mas não entrou em muitos detalhes sobre o que falara sobre Pedro. Eu então calei-me e fui degustando o saboroso prato que havia preparado. Sofia deitou-se a falar sobre nós dois. E que queria viver comigo, que eu era o amor da sua vida, e coisas tais.

Eu me jactava de tamanha confissão. Não era só saber que Sofia me amava muito como eu a ela, mas constatar que o seu amor estava sendo compartilhado em um nível inimaginável.

Chegamos ao final da refeição. Do ponto de vista gastronômico, eu posso afirmar que a cozinha mineira é bastante pródiga e suas sobremesas, deliciosas. O mineiro com botas — goiabada com queijo minas — mereceu uma repetição saborosa.

Eu paguei a conta, mesmo com o pouco dinheiro que tinha nos meus bolsos. Sofia queria novamente arcar com o pagamento, mas eu achei um absurdo vê-la novamente responsabilizar-se por ele.

Saímos. Ela iria visitar Pedro. Fui com ela nessa rotina desagradável e repetitiva, que me enjoava, ao ter que entrar naquele ambiente de enfermidades e de muitos sofrimentos.

Desta vez, não fomos de mãos dadas. Creio que foi um certo acanhamento por ter que visitar o marido comigo, como dois pombinhos. Eu pensava: *às favas com tantos escrúpulos. Afinal aquilo não era o mundo, mas um universo paralelo.*

O estado de saúde de Pedro não era alvissareiro. Ele não recobrava a sua consciência e estava sendo mantido na UTI do hospital. O médico, o mesmo doutor Camacho — pude ouvir de certa distância —, disse à Sofia que iria esperar mais um pouco para ver como reagiria o corpo de Pedro a ministração de um novo antibiótico de alta potência.

Sofia demonstrava pesar. Eu me mantive afastado dos dois. Comecei a me sentir angustiado, com vontade de evadir-me daquele local mórbido e sombrio. O médico resmungou algumas frases incompreensíveis, despediu-se de Sofia e foi para o seu plantão.

Aquela mulher, "linda como a luz da lua", diria Milton Nascimento, veio na minha direção. Carregava um olhar triste e me descreveu o quadro clínico de Pedro, que há pouco minha pena relatou para os prezados leitores.

UMA REFLEXÃO SOBRE O QUE ATÉ AQUI FOI NARRADO, DESDE QUE SOFIA E EU NOS APAIXONAMOS

Minha consciência estava mal. Contradições iam e vinham, trazendo descrições interiores que se avolumavam e me confundiam. Não quero ser maçante. Mas lembrem-se, caros leitores, como disse certa vez Karl Marx:[10] Tudo o que era sólido se desmancha no ar, tudo o que era sagrado é profanado, e as pessoas são finalmente forçadas a encarar com serenidade sua posição social e suas relações recíprocas". Agora, imagine essa frase de Marx como suporte para o inacreditável, para uma sociedade quimérica e indeslindável, como essa em que vivo agora. Machado chega a dizer que "o maior pecado, depois do pecado, é a publicação do pecado". Eu estou incorrendo nesse erro terrível, mas me cabe como narrador escrever o que me sufoca, e sou obrigado a ter serenidade para não sucumbir diante do que vem e que não sei o que é. Tenho, todavia, um lado a meu favor. Eu não sou responsável por meus atos depois da transposição mística a que fui submetido. Sinto-me como um soldado abandonado numa profunda e impenetrável floresta, que não sabe que a guerra terminou e prossegue se defendendo daquilo que não existe, e que

---

{10} Karl Marx (1818-1883), filósofo e sociólogo alemão, um dos criadores do socialismo.

nunca irá saber enquanto alguém não venha ao seu encontro e o resgate daquela tragédia. Em síntese, para a sociedade, ele não existe. Sinto-me como esse soldado perdido, pecador severo, que só poderá existir se for mencionado.

CAPÍTULO XXX

—·≫≪·—

Encontrávamo-nos naquele lugar onde meu primo talvez desse os seus últimos suspiros. Era uma previsão pessoal, catastrófica, mas era a direção que os fatos estavam tomando.

— E aí, Sofia? O médico fez alguma outra observação sobre a evolução do quadro clínico de Pedro?

Ela me olhava triste, mas resignada. Resolvi calar-me. Fomos descendo as escadas do hospital.

Rapidamente chegamos à rua. Sofia deu-me o braço. Ela estava trêmula. Provavelmente sabia de algo mais preocupante, que resolvera não revelar. No meu interior, havia uma contenda entre o que eu pensava e o que ocorria naquele mundo fosfórico. Lembrei-me de uma frase de Perón[11]: *"La realidad es la única verdad"*. Nem que a realidade vivida seja mentirosa, ela é a minha triste verdade, assim concluí.

Eu caminhava sem saber para onde ir. Deixei-me levar por Sofia, que caminhava alheia ao que eu pensava. A minha posição diante dos fatos, da traição inacreditável que eu praticava com a mulher de Pedro, me provocava remorsos vergonhosos. Uma outra força interior tentava ordenar tudo aquilo e me deixar mais leve, embora cercado de intenso mistério.

[11] Juan Domingo Perón (1895-1974), ex-presidente da Argentina.

Foi Sofia que, de repente, quebrou o silêncio.

— Vamos ao cinema no shopping?

Aquele convite repentino saiu de sua boca como se quisesse dizer: "Quero esquecer tudo isso, pelo menos por algumas boas duas horas". De pronto eu aceitei a sugestão. Minha vida tinha entrado numa incompreensível, mas deliciosa, rotina. Era escola, preparação das aulas, almoço no restaurante e, por fim, o mais desagradável, o hospital, para visitar o meu primo, a quem eu traía inescrupulosamente. Dei de ombros. Lembrei-me então de que não tinha notícias do que estava acontecendo no mundo, não estava lendo jornais nem vendo TV. Era uma peleja incessante entre a lógica e o absurdo. Que notícias seriam essas desse mundo grotesco em que eu havia adentrado?

Pensando bem, o cinema vinha a calhar a fim de quebrar aquela rotina monótona na qual fui arremessado.

O filme não foi do meu inteiro agrado. Não porque fosse de qualidade questionável, porém, era já uma película antiga, dos anos cinquenta, em preto e branco, com um áudio mono, denominada de *Festim Diabólico*. O diretor era Alfred Hitchcock. O ator principal era o talentoso James Stewart.

Sofia adorou o filme. Ela ainda não o havia visto. Enquanto era projetado, eu entrei num processo de associação do que estávamos fazendo com o que era apresentado na tela. Era uma traição, um jogo insaciável de prazer mórbido. Estávamos realizando teoricamente um banquete diabólico sobre a existência de Pedro. Enfim, gozávamos loucamente enquanto alguém ia perdendo sua vida numa unidade de tratamento intensivo de um hospital. Após essa análise que me ocorreu subitamente, disse para Sofia que havíamos escolhido um filme de terror e não de suspense. Ela concordou serenamente.

— Realmente, Jonas, o clima emocional que passávamos exigia uma comédia, ou um musical. Mas mesmo assim eu gostei.

O que eu percebi nesse comentário é que ela amenizou a minha colocação para não termos que discordar um do outro.

Ela segurou o meu braço e nos dirigimos para o seu apartamento, sem dialogarmos sobre o enredo do filme.

Após o banho, já deitados, sucederam-se muitos beijos, abraços, carinhos, mimos próprios de casais que estão apaixonados.

Quando Sofia apagou a luz do abajur para dormirmos, me veio à mente a festa diabólica do filme de Hitchcock que havíamos visto.

O tempo foi passando. Eu não dormia. Durante a madrugada fui ao toalete, e Sofia dormia a sono solto. Uma personagem nos braços de Morfeu. Bastante hilário. Respirava suavemente. Eu me perguntava: *Como será a vida dessa linda mulher?* Era uma divagação desnecessária. Era lógico que ela vivia como qualquer outra pessoa. A questão não seria "como", a questão era "por quê".

Deitei-me de novo a seu lado e me ocorreu outra máxima de Machado: "o tempo é um tecido invisível em que se pode bordar tudo, uma flor, um pássaro, uma dama, um castelo, um túmulo. Também se pode bordar nada. Nada em cima de invisível é a mais sutil obra deste mundo e acaso do outro". Eu estava bordando justamente em cima do nada, do que não existia, de um tempo perdido na sutileza da dissimulação.

Não dormia. Desde que vim de Salvador, não houve um momento sequer que me fizesse pegar no sono. Levantei-me, fui à sala e comecei a preparar a aula que daria naquela manhã, que já dava o ar de sua graça. Ouvi passos no corredor e era Maria Benedita. Ela viera me perguntar se eu queria alguma coisa. Eu agradeci o gesto generoso da prima de Sofia e continuei a preparar o rascunho das aulas. Maria Benedita voltava para o seu quarto.

De repente surge Sofia, quase me dando ordens para que eu voltasse para a cama.

— Vamos, vamos, Jonas!

— Estou terminando, meu amor. Ela riu, sonâmbula, e voltou para o quarto.

Continuei escrevendo, lendo, fazendo anotações, buscando um livro de teoria da literatura no acervo de Pedro. Encontrei um livro caindo aos pedaços, mas havia algumas questões desenvolvidas bastante interessantes. Queria discutir com as turmas caso ocorresse alguma pergunta sobre o humanitas. Minha intenção, a priori, era não tocar mais nesse assunto até entrarmos na discussão da fase realista de Machado. Mas sempre há um engraçadinho que quer desafiar o conhecimento de um professor novato na escola, ainda mais um substituto.

O sol entrava soberano pelas frestas da persiana. Fui tomar um banho. Enquanto me ensaboava, o filme da véspera voltava à minha mente. Cheguei a me assustar com as imagens vivas que iam se manifestando em minha memória. O banho foi rápido. Sofia não estava no quarto. O que estaria fazendo? Muitas ideias imbecis iam surgindo. Será que havia algum complô formado por ela e Maria Benedita para atentarem contra a minha vida? Entrei numa paranoia descabida e incontrolável. Arrumei-me rapidamente. Queria sair daquele quarto, do apartamento, daquelas ruas, daquela cidade, sair daquele tempo falso e voltar a ter sossego em Salvador.

Saí do quarto, fui à sala e, ao chegar próximo ao sofá, um coro que chegou a me assustar:

— Parabéns pra você, nesta data querida...

Muitas palmas. A mesa com um bolo confeitado. Vela acesa com um número em relevo: 34, sanduíches, frutas variadas. À minha frente, Sofia e Maria Benedita riam alegremente.

— Muitas felicidades, Jonas, mais um ano de Brasil.

Olhei aquela velinha de bolo e o número 34 surpreendentemente coincidindo com a minha idade me espantava. Como Sofia teria adivinhado a minha idade? A ficção realmente é feita para nos confundir. Eu nasci em trinta de março, e estávamos em dezembro. Entretanto aceitei aquela homenagem como se tudo estivesse perfeito. Seria uma ingratidão negar aquela generosa cortesia. Sorri normalmente, e todos nós nos abraçamos. Foi um momento que suplantou todas as minhas expectativas. Eu esperava por uma peça pregada pelo tempo, e, em vez disso, o irreal me trazia surpresas e alegrias.

Sofia era uma criança sorrindo, comandando novamente com graça o "Parabéns pra você". Maria Benedita fazia coro, com os olhos postos em Sofia. Eu já deveria estar na escola, mas não podia interromper tanta deferência vinda de pessoas quiméricas. Deixei-me levar pela leveza. Forjei verdades onde elas não poderiam existir e desfrutei daquela louca manhã, em que ingeri frutas, sucos, queijos e até dois cálices de vinho branco.

Eu via de repente no olhar de Sofia um misto de angústia e de euforia que comandava a minha alma. A impressão que me dava era a de que ela, como instrumento da imaginação, percebia o quanto invadira a minha realidade, sem poder efetuar qualquer tipo de mudança.

Olhei o relógio da sala e já passavam das nove horas. Senti a mão de Sofia alisar o meu braço, ao mesmo tempo que falava:

— Deixe a aula pra lá.

Sorri, e me acomodei no sofá da sala. Afinal, nada ali em Barbacena existia.

Maria Benedita se divertia tanto que chegava a soprar "línguas de sogra". Sofia gargalhava e eu assistia a tudo, mergulhado no espanto de uma manhã que surgia inopinadamente feliz.

Finalmente, malgrado o que queria Sofia, tive que convencê-la de que tinha que ir dar aula, nem que chegasse atrasado. Usei aquela famosa expressão: *"noblesse oblige"*. Consegui fazer Sofia concordar. E lá fui eu com o meu coração apertado.

Entrei no elevador do prédio e lá estava a mulher que encontramos no restaurante no dia anterior. Eu a cumprimentei, e ela me respondeu gentilmente. Quando chegamos no hall do prédio, ela me fez uma inesperada revelação:

— Eu estava naquele ônibus do qual o senhor resolveu descer na estrada.

Eu a olhei chocado com aquela confidência. Fiquei transtornado. Dei-lhe as costas e me dirigi para a escola. Ia ruminando ódios: *vocês vão me pagar. Alunos, se preparem porque será um festival de sandices no dia de hoje.*

Entrei na sala da primeira turma quase no final do tempo de aula. Não dei qualquer explicação pelo atraso, fui ao quadro e escrevi: "Guarda as tuas cartas da juventude". Foi uma atitude que tomei para ferir aquela gente falsa, criada não sei por quem, que a todo instante me abalava, me causava pânico. Se queriam me atingir com algo do qual eu não tinha culpa, resolvi atacá-los. Os alunos me olhavam espantados, como se quisessem uma explicação. Todos eram jovens; como levá-los a pensar como idosos?

— Vamos lá: o que sugere essa expressão? Está dita por Brás Cubas no capítulo CXVI de suas memórias póstumas.

Meus olhos perpassavam os olhos atentos e fixos em mim daquela turma de zumbis, criados pela imaginação diabólica somente para me destruir, me enganar, me confundir e coisas tais. Eu os olhava, atravessava os seus olhos com toda a minha ganância de ofender, de melindrar, ferir... Eu era como um farol forte querendo cegá-los ou identificar uma reação "humana" que me levasse à discussão do tema. Que leitura de mundo teria aquela gente? Talvez a visão crítica do pesadelo de suas vidas inexistentes.

Acalmei-me. Eu não poderia fazer pré-julgamentos com aquela gente. Eles apresentavam um bom conhecimento da literatura romântica, relatado por Pedro na pauta da turma. Sem dúvida, esse estado ilógico em que eu me encontrava não era simplesmente branco/negro – claro/escuro – feio/bonito. Havia a parte cinzenta e morena que se revelava, me confundia, e eu deveria compreender esses lados obscuros para poder suportar aquele tormento.

Na realidade, é difícil até conhecermos os meandros do sonho. Simplesmente eles surgem, nos dobram e os vivemos. O sonho é uma espécie de transmutação. Sonhar é caminhar por lugares diferentes, conhecer pessoas que já nem vivem mais, e os caminhos são feitos quando estamos deitados, em repouso.

— Você, Carla, o que vem à mente quando lê o que está escrito no quadro?

Silêncio sepulcral. Todos aguardavam uma resposta que viesse de mim. Aquele aluno que levantou a questão do Humanitas não estava presente. Que pena!

Prossegui, tentando tirar conhecimento daqueles cérebros que desafiavam a minha paciência.

— Alguém aqui já leu ou iniciou a leitura de *Quincas Borba* ou *Memórias póstumas de Brás Cubas*?

Nenhum dedo levantado. Nenhuma manifestação audível.

— Pois bem, será o dever de casa para todos. Anotem: Ler primeiramente *Quincas Borba*, embora *Memórias póstumas de Brás Cubas* seja anterior a ele. Leiam os capítulos VII e VIII. Façam uma dissertação sobre essa ideia epistolar de Cubas. Não há quantidade de linhas, mas que o conteúdo supere minhas expectativas.

Fui abordando os principais aspectos da proposta de trabalho. A campainha soou. Era o fim da aula. Eu havia chegado tarde e não pude avançar mais em outras características da narrativa para ajudá-los.

Os alunos se despediam. Iam conversando em voz alta. No quadro, a frase me desafiava: "Guarda as tuas cartas da juventude". Apaguei o quadro e me dirigi para fora da sala.

Fechei a porta e me encaminhei para a secretaria. Súbito, surgiu Sofia, sorridente, vindo ao meu encontro.

— Chegou muito tarde?

— Quase ao final da aula. Mas o "parabéns" compensou todas as coisas.

Fomos à sala dos docentes e lá estavam dois professores: o de história do Brasil e o de espanhol. Cumprimentamo-nos. Apresentei a mim e a Sofia. Já a conheciam. Perguntaram-na sobre Pedro, e a descrição sobre o estado de saúde de meu primo me irritava profundamente. Era pressão arterial para cá, que subia e descia, os batimentos cardíacos descompensados, as taxas de hemoglobina, o perigo do deslocamento do projétil no seu corpo etc. Inacreditavelmente, enquanto Sofia falava em Pedro, um sentimento de ciúmes me constrangia. Era até possível que aquela aflição que me invadia pudesse transparecer no meu olhar, na minha maneira de reagir fisionomicamente, quando me faziam perguntas sobre a escola. Procurava sempre me recompor e procurar ser mais brando no meu tom de voz.

Analisando tudo o que acontecia, já que não havia verdade em nada. Pedro poderia estar em algum lugar de Barbacena, e eu em Pituba usufruindo do sol forte de Salvador em alguma praia. Perdoe-me, caríssimo leitor, essa repetição interminável de explicações sobre situações pelas quais eu estava sendo obrigado a passar, mas compreenda que conviver nesses universos paralelos produzia muitos sofrimentos.

Não fui capaz de suportar aquele diálogo dos três. Resolvi guardar o diário da turma para a qual eu havia dado aula e fiz um gesto para Sofia de que a próxima começaria logo.

Saímos da sala dos professores. Sofia mantinha uma certa distância estratégica para evitar comentários ou desconfianças, já que ela era praticamente conhecida por todos. Sofia despediu-se e não falou para onde iria. Pisquei-lhe o olho e ela foi esperar o elevador.

Da sala onde eu iria dar aula saiu o professor de espanhol.

— *Buenos* — ele me dirigiu a palavra.

Nos cumprimentamos, ele se foi e eu me dirigi para a mesa. No quadro estava escrito: "*El azul era el color del ensueño, el color del arte, un color helénico y homérico, color oceánico y firmamental*". Comecei a imaginar os olhos de Sofia, seu corpo, sua brancura, sua pele perfeita. Saudei a turma, apaguei o quadro e me ative à aula. Fiz a chamada, e os nomes machadianos iam se revelando em cada aluno que respondia presente.

A aula transcorreu num clima de normalidade. Busquei não me ater muito às questões do humanitas e pus em debate a questão da guerra na busca das batatas. A turma se mostrou estranha e desviei-me do assunto. Dois alunos manifestaram-se e comentaram o fato de já terem iniciado a leitura de *Memórias póstumas de Brás Cubas*. Analisamos o teor do romance, as novas características que Machado imprimiu à sua obra, quebrando a linha romântica herdada de raízes europeias, inserindo o gênero realista que alterou a estética da literatura brasileira.

Notei que a turma reagiu com certo estranhamento ao que eu falava. Tive que ressignificar alguns conceitos, já que a linguagem estava incompreensível para a maioria dos alunos. Senti-me pedante, já que eles eram do nível médio, mas, pela série de questões que alguns alunos levantaram, concluí que o caminho deveria ser aquele mesmo. Com o prosseguimento de nossa convivência, eles entenderiam. Por que não evoluir nessa linguagem uma vez que havia nítido interesse da turma?

Um ponto que provocou a curiosidade dos alunos foi a questão do darwinismo social explorado por Machado de Assis: a diferença de classes, provocando um abismo entre os desabonados e a burguesia. Citei uma passagem em *Quincas Borba* que denota claramente essa afirmativa: "Rubião tinha nos pés um par de chinelas de damasco, bordadas a ouro; na cabeça, um gorro com borla de seda preta. Na boca, um riso azul-claro".

Numa época coroada pelo determinismo socioeconômico, como uma pessoa oriunda de um berço pobre, como era aquele professor medíocre, poderia alavancar seu patrimônio daquela forma, se não fosse através de uma herança?

Obviamente, no final do império, com a abolição da escravatura, a república ainda incipiente e golpista, o que restava ao pobre senão carregar consigo um conjunto de adversidades morais, submissão e alienação, enquanto o patrimônio da sociedade, marcado pelo conjunto de bens, lhe era negado? O acesso à igualdade era meramente filosófico.

O soar da campainha cerrou a aula. Os alunos foram se levantando e se despedindo. Tive a grata impressão de que houve entendimento do conteúdo que lhes havia transmitido. A questão da guerra, incorporada por Machado à filosofia de Quincas Borba, é que mostrou certa complexidade. Eu completei ao final da explicação, citando uma expressão do Bruxo no seu *Esaú e Jacó*: "a guerra é a mãe de todas as coisas". No próximo encontro eu voltaria a essa discussão.

Saí da sala de aula e fui à dos professores. Senti a ausência de Sofia. Eu me encontrava só. Incrivelmente só, e alguma coisa tocava-me profundamente. Era a pior solidão que sofrera até ali. Aquela mulher que a realidade tragou, linda e inexistente, superava os limites dos fatos meramente literários. Eu havia dado uma das melhores aulas da minha trajetória de professor de literatura, mas estava incompleto, não havia felicidade naquilo que consegui e pelo qual cheguei a ficar contente logo após o final da jornada. Tudo por causa de Sofia. Como me fazia falta aquele vulto de mulher com o seu sorriso fácil e azul. Onde ela estaria?

Já era meio-dia. Para onde ir? Na realidade era Sofia quem comandava o meu roteiro. Não estava com fome. Resolvi alterar a minha rotina. *Vou ver meu primo*. Quem sabe se eu não descobria algum fato novo que pudesse se manifestar e me conduzir a alguma saída desse labirinto. Pedro era real como eu. Talvez não aquele Pedro, mesmo assim ele representava o outro, o que era factual, tangível. Perdoe-me tanta bizarrice, caro leitor.

Andei seguindo o mesmo roteiro que sempre fazia quando ia ao hospital com Sofia. À minha frente surgiu aquele prédio de sempre. Gente enferma, servidores com suas roupas brancas, muitos visitantes, ambulância parada à porta e aquela escadaria que nos conduz à recepção.

O mais estranho é que eu, até aquele momento, não tinha feito nenhum passeio diferente, que fugisse àquela burocracia repetitiva em que eu estava envolvido. E quando Pedro estivesse melhor, podendo voltar para o seu apartamento, e assumir novamente a sua vida ao lado de Sofia? Como seria o meu envolvimento com ela? Como seria a nossa relação emocional? Dei de ombros.

De repente, parei. Chega de hospital, chega de visitas a Pedro, chega de burocracias que me consumiam os dias, vou por aí, caminhar, procurar novidades, como cantava Cazuza, "procurar um museu com muitas novidades".

CAPÍTULO XXXI

—⋅⟩⟩⟨⟨⋅—

Estava com fome. Resolvi almoçar no mesmo restaurante em que almocei com Sofia dias antes. Havia um dedilhar de violão afinadíssimo e uma voz conhecida. Fui entrando e sentei-me próximo ao cantor. Estranhamente, era o mesmo que cantara logo que fui cooptado por forças místicas para Barbacena. Era o próprio. "Na baixa do sapateiro...", logo após "eis aqui este sambinha feito numa nota só...". Fitei-o e ele continuou cantando. Em seu olhar havia um sorriso torpe. "O meu pai era paulista, meu avô pernambucano..." Era como se ele quisesse viajar comigo por outros lugares, desafiando a minha vulnerabilidade.

Almocei, embalado pelo som da bossa-nova. Escolhi um prato simples, mas gostoso. O garçom demonstrava que se lembrava de mim desde que estive lá com Sofia. Enquanto saboreava a refeição, emprestava meus ouvidos às execuções do violonista, o que contribuía para reduzir o grau de angústia que sentia nesse dia que se mostrava esdrúxulo. Terminei de almoçar, pedi a conta, e pude observar boquiaberto a entrada de Sofia no restaurante, acompanhada por um guapo rapaz, elegantemente vestido, indo sentar-se a uma mesa logo na entrada do estabelecimento.

Chamei o garçom. Não queria estar mais ali. Faria tudo para fugir. O garçom apressou-se e trouxe-me a conta rapidamente.

Paguei a despesa e levantei-me como um raio. Sofia, de repente, olhou-me com um ar de surpresa. Levantou-se e foi ao meu encontro. Ficamos os dois em pé, um olhando para o outro. Adiantei-me e fui em direção à saída.

— Jonas, venha cá, por favor. Quero te apresentar o nosso advogado, doutor Cristiano de Almeida Palha. — Virou-se para Cristiano: — Este é o professor Jonas, primo de meu marido Pedro.

— Prazer, Jonas — disse-lhe secamente.

— Eu já estou de saída, Sofia. — Saí com cara de poucos amigos, decepcionado profundamente com tudo o que estava acontecendo.

Machado disse que há um abismo entre o espírito e o coração. Estava certo o Bruxo. Nossos desejos se contrapõem sobremaneira às coisas do espírito. Eles se digladiam, militam em péssimo combate, que deixa arestas, produzindo ferimentos que não se fecham, que sangram, que ardem, e que sempre nos estão avisando de que algo sério e perigoso está acontecendo.

Imagine, caro leitor, não há nenhuma redução possível de conflitos entre a realidade e a ficção. Como eu poderia contemporizar minha paixão por Sofia com aquela visão do inferno, ao ter aquele personagem à minha frente ao lado daquela mulher? Cristiano de Almeida Palha, que surge pela primeira vez sob a pena felina de Machado, em plena estação de Vassouras, entrando no trem com Sofia, sua mulher. Caro leitor, conseguiria suportar tamanha alucinação?

Eu já estava longe do restaurante. Não conseguia olhar para trás. Estava com ódio. Perguntava-me: *e agora? Faria novamente uma viagem de ônibus, me submetendo ludicamente a alguma baleia, que me vomitasse em Salvador?* Essa era a grande questão sem resposta. Eu não aguentava mais. Cheguei ao ápice do desespero. O que faria durante aquele dia tão confuso e inexplicável? Cinema! Sim, poderia entrar num cinema e ficar durante a tarde e depois à noite, vendo e revendo as películas até que algo mais incongruente entrasse pelas portas da sala de exibição para me envergonhar diante dos espectadores. Surgiriam, por exemplo, de repente, alguns lanterninhas, e me expulsariam à força, já que eu não me levantaria da poltrona e não sairia dali após ficar horas vendo o mesmo filme.

Eu sofria. Via-me próximo a uma queda, a um braço quebrado, a uma prisão ditatorial, a uma sucessão de chicotadas com as minhas costas sendo lanhadas em meio ao suor e ao sangue. Lembrei-me de uma ironia impiedosa usada por Machado: "o melhor modo de apreciar o chicote é ter-lhe o cabo na mão". O universo louco onde eu me encontrava usava contra mim esse instrumento maldito de punição.

O filme em cartaz era *Taxi Driver*. Película produzida na década de 1970, em que Robert De Niro interpreta um motorista de táxi em Nova Iorque. O personagem é seriamente afetado por tudo o que ocorre ao seu redor, e convive com sua mórbida solidão numa cidade que nunca dorme. Ele vive isolado e não consegue ter empatia por ninguém. Não tem sono, suas noites são rigorosamente em claro. É um alienado social, e somente tem no trabalho, no sexo e no crime a sua estranha visão de mundo.

Acabou mais uma sessão. Eram nove da noite quando, exausto, resolvi abandonar o cinema. Minhas pernas tremiam, por estarem muito tempo em uma única posição.

Cheguei à rua. Meus olhos ardiam. Os cartazes do cinema mostravam uma caricatura de De Niro com seu corte de cabelo estilo moicano, com um trágico sorriso, anunciando ao espectador que entrava momentos de artimanhas bárbaras e hediondas, oriundos daquele homem ali retratado em desenho e em fotografias.

E agora, aonde eu iria? Queria ser abordado por alguém, mesmo irreal, que me conduzisse a algum lugar que descontinuasse esta noite, trazendo-me momentos distintos, que me levassem depois a ter um sono profundo e me acordassem na Bahia.

Novamente a velha pergunta: o que fazer daqui pra frente? Inacreditavelmente eu estava sentindo ciúmes e ódio de Sofia. Ou, quem sabe, sentia somente a necessidade de não me preocupar com uma cama para poder deitar-me, uma mulher para satisfazer-me sexualmente, um grande café da manhã preparado por Maria Benedita, e um banho com água morna com um sabonete cheiroso e espumante?

Nessas horas, em que me sentia literalmente abandonado como um náufrago em uma ilha desconhecida, no meio do nada, me ocorriam lembranças de Salvador, da Lagoa do Abaeté, onde a água é escura, as areias são tão alvas como a neve, do Mercado modelo, sujeito a vários incêndios, mas reconstruído desde 1984, do Elevador Lacerda. *Bahia, terra da felicidade*.

Do cinema, poucos minutos depois de eu ter saído, saiu um casal conhecido, que mais uma vez me provocava espanto e desolação. Para surpresa minha, eram Sofia e Cristiano. Viram-me, vieram na minha direção e, alegres, ficaram ao meu lado, sem que revelassem qualquer tipo de constrangimento.

Cristiano se despediu de Sofia e me cumprimentou secamente. Eu não lhe respondi, e ela abriu um sorriso ao meu olhar.

Um casal de borboletas acompanhou por muito tempo os passos de Sofia, como se aquela mulher inolvidável fizesse parte de uma natureza ainda não desbravada, de um jardim de sonhos encantados, e aqueles lepidópteros viessem dar cor a uma tela impressionista, jamais vista em regiões das Minas Gerais.

Fiquei inteiramente atordoado, deslocado e sério. Ela segurou meu braço e eu me afastei instantaneamente. Ato contínuo, Sofia voltou a segurar-me o braço e gritou:

— Jonas, por favor, colabore comigo. Não me trate desse jeito. Em tudo há um motivo. Cristiano é só o advogado da família. Creia-me, não há nada mais sério entre nós.

— O advogado costuma ir ao cinema com os seus clientes?

— Não se trata disso, Jonas. Não veja coisas onde não há.
— Imagine se houvesse!
— Está com ciúme — disse-me rindo.
Ela agarrou-me e acariciou o meu rosto.
— Sim, eu estou com ciúmes.

Eu estava desesperado, demonstrando um sentimento que eu detestava, diante de uma mulher falsa. Caro leitor, mais do que isso não posso explicar.

Será que eu estava entrando em uma cortina de fumaça, como Rubião entrou com relação àquele casal diabólico, a ponto de o deixarem paupérrimo depois de lhe retirarem toda a sua fortuna? Não, eu não podia me sentir como um personagem de romance. Eu vivo, eu existo, eu não sou falso, conheço as minhas raízes, sei que estou atravessando momentos terríveis, mas também sei que não serão perpétuos, tampouco eternos. Eu só estou contando a minha história. Não entrego os pontos nas minhas adversidades. Senti o toque das mãos de Sofia e saí do meu devaneio.

— Vamos pra casa, Jonas. Amanhã tem aulas para duas turmas.

Caminhamos silenciosos para o apartamento do meu primo. Aos poucos fui ficando leve, tranquilo e deixei-me entregar de novo aos encantos de Sofia.

Caro leitor, o que se passou durante a noite é impublicável, portanto, vamos à primeira aula.

CAPÍTULO XXXII

—•⁕⁕ ⁕⁕•—

A turma estava estranha. Os alunos não me olhavam quando entrei na sala. Alguns deles não se deram conta da minha presença e continuaram conversando com seus colegas, virados de costas para o quadro. Eu os cumprimentei, mas o meu "bom-dia" não ecoou nos seus ouvidos. Resolvi, em consequência, usar um tom quase intimidatório. Não houve resposta. O sangue subiu-me à cabeça. Resolvi então caminhar pela sala e tocar nos ombros dos que estavam de costas. Em alguns eu cheguei até a balançar seus corpos. Eles começaram a se virar, numa reação desafiadora.

Eu fui ao quadro e escrevi: "O absurdo é o real, uma regra que assumiu a minha maneira de viver".[12]

Os alunos foram acompanhando o que eu escrevia. Alguns chegaram a copiar nos seus cadernos. Outros ainda perguntaram se era obrigatório escreverem o que eu havia escrito.

— Se quiserem — falei secamente, com um timbre quase agressivo.

Esperei para ver a reação dos alunos. O silêncio era notório. Não estavam entendendo coisa alguma. Eu␣sorria internamente. As gargalhadas chegavam a ecoar no meu contentamento. Aquela gente

---

[12] Campos de Carvalho (1916-1998), escritor surrealista brasileiro.

toda, fruto infame da literatura, filha de gente abonada, nos interiores mágicos da palavra, que já possuíam o seu futuro garantido, sem esforço, sem ter que produzir calos nas mãos, com tudo pago, comida, casa, material escolar, livros caríssimos, com mesada privilegiada, com piscina em suas casas, com carros que ganhariam tão logo tivessem idade para dirigir, usando roupa de grife, exibindo celulares de alta geração. E tudo gratuitamente, porque nasceram em berço de ouro. Ali estavam expostos os princípios do irreal humanitas. Eram os vencedores, os donos das batatas.

Ao final dessa reflexão silenciosa que só o meu coração poderia ouvir, pedi-lhes que copiassem o texto que estava no quadro e que fizessem cinco perguntas sobre o que leram e que as trouxessem na próxima aula. Obviamente lhes dei subsídios sobre o autor do texto, seu estilo e os diversos ângulos que poderiam ser explorados para reescrevê-los.

Descrevi vários aspectos que havia no interior das ideias liberais, do grande atraso da elite brasileira, dei exemplo de como se enxergar a casa-grande, a dominação dos brancos, dos apaniguados, bastando para isso ler os livros de Machado. O sinal tocou. Eu teria cerca de dez minutos de descanso. Os alunos se retiraram da sala bastante ressabiados. Eu não apaguei o texto que escrevera no quadro.

Procurei esticar minhas pernas, andando um pouco pela sala. Abri a porta e a deixei aberta. Sentei-me na minha cadeira e fui observando a chegada dos alunos da turma G para a qual seria a próxima aula. Diferentemente da turma anterior, eles me cumprimentavam ao chegar. Apresentavam bom ânimo. Sentavam-se e iam lendo o que eu havia escrito no quadro.

Eles liam o texto, sem mostrar atenção ao que ele pudesse representar. Nenhum aluno fazia qualquer tipo de indagação sobre a necessidade de copiá-lo ou não. Expliquei-lhes sobre a necessidade de, ao analisar o texto, perceber que a obra do autor faz parte do gênero do realismo fantástico ou mágico. Seu nome, Campos de Carvalho, uma espécie de escritor maldito. Tendo esse raciocínio em mente, a compreensão para entendê-lo seria bem mais clara.

O mal de nossa educação se reflete na falta de interesse intelectual e na total ausência de visão crítica do mundo. São questões terríveis na formação do sujeito e no desenvolvimento cultural de um povo. Revela apatia, distanciamento pela busca da aprendizagem, desinteresse pelo que ocorre ao seu redor. Essa é a leitura que eu faço do desastre dessa geração. Mas o que eu estou dizendo? Essa gente que está sentada à minha frente não faz parte da minha realidade! Como posso exigir desses garotos e garotas que se submetam à minha linha de raciocínio? Um professor de literatura que teve sequestrada a sua liberdade de viver exigir dessa gente uma reação compatível com a sua? A frase que expus no quadro faz parte do realismo mágico. Pensei que, por ser pura magia o que estou vivendo, iria encontrar correspondência na vida dos alunos, dando-lhes entendimento desse gênero literário. Nada, tudo em vão.

Observava o rosto imberbe dos rapazes, e a expressão falsamente ingênua das moças, o sorriso maroto de alguns deles, o ar transparente de quem estava com sua mente em outros lugares e situações. No íntimo, eu me encontrava praticamente semelhante a eles. Falava-lhes, sabendo que tudo ali pertencia a um universo marginal.

Às vezes percebo também que o que lhes falo é irrelevante. Venho lhes mostrando mitos atrás de mitos desde que fui abduzido por uma força estranha até esta cidade. Todavia esta história é muito bem uma espécie de criptografia. Uma linguagem simbólica, em que tudo é subjacente, com ideias subliminares e mensagens nas entrelinhas. Perdão pela digressão excessiva. É só literatura.

Apaguei o quadro e dirigi-me à sala dos professores, onde se encontrava o professor de espanhol. Como também tenho formação em espanhol pelo curso de Letras, começamos a conversar sobre como ele trabalhava com a língua no tocante à literatura. Conversamos bastante e chegamos ao final, combinando realizarmos um trabalho interdisciplinar usando Gabriel García Márquez. Embora o tema apresentasse um grau de dificuldade bastante grande, dada a pouca idade das turmas, deixei para lá e aceitei a proposta como válida.

CAPÍTULO XXXIII

—·❧ ❦·—

Era noite. Sofia me havia buscado. O dia passou com um vendaval. Ventava e chovia numa intermitência sincopada. Sofia, calada, deixava-se ir com os olhos no chão, como se procurasse alguma moeda, algum pequeno tesouro ou pedra caída do céu.

Um táxi de cor vermelha, tendo ao volante o cantor daquele restaurante onde ele nos brindou com músicas de Caymmi, nos conduziu para o apartamento de Sofia. *Viva a utopia*, pensei enquanto notava que o motorista nos observava pelo retrovisor. Espantou-me também o fato de ela não ter ido ver Pedro no hospital. Tudo o que vivíamos seguia uma fila de mentiras!

Curiosamente, me sentia cansado, sem ter sono. Repito, eu ainda não havia dormido desde que cheguei de Salvador.

Sofia estava circunspecta, como se algo estivesse por acontecer. Tudo seria possível. Para descobrir o que se passava naquela mente estranha eu perguntei-lhe sobre o advogado. Ela riu um sorriso xoxo. Acusou-me novamente de ciumento e inconsequente. Pensei: *Como ela arranja tantos adjetivos para me caracterizar?* Falei-lhe que não gostava da maneira sem escrúpulos como ela surgiu no restaurante ao lado dele, e depois saindo do cinema como um casal e não como simples amigos. Ela riu, alterando totalmente o seu ânimo, mostrando a alegria e iluminação da sua beleza.

— Seu bobo. Eu o amo.

Ouvir essa declaração foi o melhor início de noite. Se fosse Poe que ouvisse essas palavras pronunciadas por Sofia, diria: "coro, enrubesço, estremeço conforme descrevo a abominável atrocidade". Esse relacionamento entre Sofia e eu era o estigma da traição. Ela e eu perdêramos o juízo.

CAPÍTULO XXXIV

—·⟫⟨·—

Non dormit diabolus

Embora para mim fosse irrelevante, me dei conta da ausência de Maria Benedita. Como todos fazem o que querem nesse mundo louco, resolvi apagá-la da minha mente.

Fui à estante de Pedro para ver qual seria o próximo livro a ler, enquanto Sofia tinha ido tomar banho. Aquele lugar estava bastante empoeirado. O que fazia Sofia durante o dia? Bela reflexão, pelo menos prática, sem ser machista. Meus pensamentos iam além, divagavam, impregnados de perguntas sem respostas. A primeira que me ocorreu foi: como eles estavam conseguindo pagar as suas contas? Outra questão da qual eu não obtivera resposta: como aquele mundo falso, em que eu estava mergulhado, que somente tinha a função de virar as folhas do calendário, me tornara uma pessoa desleal, traindo meu primo, concordando com a falsidade de sua mulher, e ainda me apaixonando por ela? Eu havia aceitado o jogo fraudulento da dissimulação e me contentei em viver o *dolce far niente*.

Em meio a tanta poeira de livros malconservados e entregues a uma arrumação sem critérios, estava um papel amarelado, escrito a caneta-tinteiro. Fui ler o texto. Era uma poesia. Lindo poema.

Escrito por Pedro, ou melhor, copiado por ele do livro *Estrela da vida inteira*, de Manuel Bandeira. O título era "Ubiquidade". Entre parênteses ele escreveu: "Ubiquidade de Sofia".
> [...]
> *Estás na alma e nos sentidos.*
> *Estás no espírito, estás*
> *Na letra, e, os tempos cumpridos,*
> *No céu, no céu estarás.*

  Havia também um exemplar de *Dom Quixote*. Lembro-me de que Pedro me contara sobre a paixão que nutria pela obra de Cervantes. Quincas Borba, cabe mencionar, em sua última passagem por Barbacena, tentara explicar, através da loucura do Humanitismo, os segredos escondidos no seu entendimento sobre a morte para Rubião; "vês este livro? É *Dom Quixote*. Se eu destruir o meu exemplar, não elimino a obra, que continua eterna nos exemplares subsistentes e nas edições posteriores". Após pensar nesse absurdo filosófico que Machado introduziu na história de Quincas, tentei esquecê-lo rápido, desviar aquele tormento que o perseguia, e voltei a compor o meu plano de aula.

  Guardei aquele sintoma de paixão de Pedro por Sofia no mesmo lugar onde supostamente estava e deixei a procura do livro para lá. Fui até a varanda. O mesmo lugar de onde vi nitidamente o vizinho mergulhar no vazio e se estatelar na calçada. Um conflito se apossou dos meus pensamentos. Tentei ordená-los, guiá-los, mas o meu raciocínio era um caos. Era como se eu assistisse ao cotejo dos séculos: o eterno *versus* o efêmero.

  Por que razão esses confrontos aparecem de repente e nos escravizam? O rapaz que se suicidou poderia estar vivendo esse conflito, e preferiu adotar uma medida mais direta, sem questionamentos.

  Eu estava me sentindo "mais triste do que o palhaço mais triste". Li certa vez essa expressão em um velho romance e não esqueci jamais. O suicídio seria um ato de coragem, ou um gesto desprezível de extrema covardia? Sei, todavia, que vivo em um universo paralelo que dialoga com a realidade. "Quais os limites entre o que se vê e o que, de fato, existe?"[13]

Se realmente há um tribunal após a morte que julga o homem pelo seu comportamento aqui na Terra, o que invocaria o suicida para tentar justificar o seu ato insano diante dos anjos? Pobre rapaz. Não ele, é bom que se diga, já que era falso, mas eu, que tenho que presenciar tantas mazelas e obstáculos para poder sobreviver a tantas tribulações.

De repente, uma revoada de pássaros anunciou a chegada de uma nova estação, sem calor ou frio. Um tempo jamais vivido, cheio de interrogações e medo. Esse momento chegou na minha vida e se manifestou na paz que não existia.

Que faço nesta varanda de um apartamento que não me pertence? Se eu me colocasse fora desse comportamento histriônico, estaria suspenso no ar, já que ninguém existe. Sem gravidade e imune a enfermidades?

Meus caminhos loucos seguiam *au our le our* os passos de um pesadelo infindável, quando senti um abraço tomar meu corpo por trás. Uma suave fragrância de pinho invadiu o meu apurado olfato. Viro-me. É ela, que me sorri como se aguardasse um gesto de aprovação e carinho. Beijo então aquela mulher inventada que me fazia vibrar de fascínio com os seus lábios colados aos meus, abrindo-se e fechando-se mergulhados na maior fantasia. Puxava-me para irmos para a cama, e eu a seguia como um frágil cordeiro, como se fosse para um matadouro, observando aquele corpo que me induzia ao sexo.

---

[13] Adriana da Costa Teles, *Machado & Shakespeare: Intertextualidades*. Perspectiva, 2017.

CAPÍTULO XXXV

—•⫸⫷•—

*Quando se sonha, todo o
universo cabe em nossa mente.*

Sobre a mesinha de cabeceira de Pedro, havia um papel e uma caneta esferográfica. É óbvio que ele, sendo um professor de Literatura, deveria ter muitos textos esparsos, abandonados em papéis forasteiros ou em cadernos. Fui levado por uma curiosidade moleque a ler o que estava escrito: "Numa loucura de versos intrincados, segue o poeta tropeçando em seus dias obscuros. Quem sabe o que se passa nos recônditos de sua lembrança, quem sabe se ainda tem memória dos lugares remotos! Será que todos esses sentimentos já passaram? Ele sabe muito bem que o medo de lembrar é que martiriza o seu dia. Não estar mais lá não inviabiliza o sofrimento, porque a lembrança quase sempre é a colheita triste do tempo em que não existimos de verdade". Que palavras eram essas? Eu bem que poderia ter escrito esse texto. As palavras não têm valor, onde tudo é fluido e enganoso. Meu coração batia rápido enquanto Sofia dormia bela a meu lado.

CAPÍTULO XXXVI

—·⟫⟨·—

*O tempo me pertence,
não posso ser possuído por ele.*

A notícia soou como um trovão nos meus ouvidos. Abalou o dia como um raio que cai de repente e parte uma árvore, levando o poste, fios e carros, que são atingidos com seus galhos e troncos.

Pedro faleceu!

A informação para Sofia veio através de Maria Benedita. Eu estava pronto para sair em direção à escola, quando a chave rodou no lado de fora da fechadura e ela entrou. Quando me viu, deu um grito de desespero e choro, abraçando Sofia, que estava ao meu lado.

Como era de se esperar, o susto foi avassalador, mas levei em conta a minha situação e o desenrolar do enigma.

Maria Benedita ia passando pelo hospital e, mesmo cedo, resolveu saber notícias do estado de saúde de Pedro. Ela havia viajado — daí o seu repentino sumiço — e foi vê-lo. Soube do médico de plantão que o óbito havia se dado às cinco horas. Eles haviam ligado para Sofia, mas ninguém atendeu. Eu não ouvi a chamada, e ela tampouco. Creio que eu estava no banho e ela, ainda dormindo.

A cena era patética. Eu assistia a tudo sem esboçar qualquer tipo de emoção. Senti-me, na realidade, deslocado. Não era desamor, não era ausência de empatia. Eu tinha que tentar assimilar a pura realidade: Pedro não morreu, ele era utópico, abstrato, fictício, uma grande metáfora. Eu devia esperar ainda o desenrolar dessa insanidade.

As duas me olhavam perplexas. Eu aguardava o próximo momento. Deixei-me levar pelos fatos, se é que existiam. Sofia foi tomar banho e Maria Benedita sentou-se chorosa no sofá da sala.

Comecei a caminhar de um lado para o outro da sala, como se executasse uma alegoria de minha reflexão. Olhei para a varanda, o sol estava bem forte. Ouvia a água da ducha bater com força no chão do banheiro da suíte.

A liturgia do imaginário tomava conta dos meus gestos, da minha voz, do meu raciocínio, da fé nas coisas que eu via. Pensava agora com relação à liderança dos acontecimentos. Eu não podia tomar a frente das decisões que viriam daqui em diante. Minha posição seria de mero observador, mero assistente do tempo mágico, que rege esse desvario. Tentava me esconder dessa tragédia, esperando algo acontecer para me transferir para a realidade.

CAPÍTULO XXXVII

—•≫ ≪•—

A ida ao hospital foi uma lástima. Pegamos um táxi. O trânsito lento estava extenuante. Sofia não me olhava, como se eu tivesse culpa da morte de Pedro, e Maria Benedita a consolava com o amor de prima.

Silencioso, eu aguardava o que iria ver: se o meu primo morto ou o terrível e lúgubre inferno com chamas ardentes.

Eu me sentia como se houvesse uma vidraça na minha frente e eu estivesse vendo pessoas conversando sem ouvir-lhes a voz. Nada pode nos deixar tão irados como quando não podemos lutar contra algo que não podemos mudar. A minha vida é um exemplo claro do que vos falo. Além disso, não quero me nutrir de esperanças vãs. Se formos parar para pensar, nada no mundo faz sentido. Não podemos transpor muralhas invisíveis. Por outro lado, tenho plena certeza de que meus olhos são falsos olhos. Somente as ideias é que vivem. Não há paisagens.

Estávamos chegando ao hospital. Saltamos do táxi. Sofia não deixou que eu pagasse a corrida. Estávamos na calçada. Sofia e Maria Benedita seguiram na minha frente. Fomos à recepção e depois aguardamos um enfermeiro que nos conduziu a uma sala no fim do corredor do primeiro piso. Ele abriu a porta e Sofia entrou com ele. Maria Benedita e eu ficamos do lado de fora daquela sala estranha.

Sofia veio em nossa direção e nos solicitou que a acompanhássemos. A sala era úmida ao extremo. Sua temperatura excessivamente baixa.

O corpo nu, coberto por um lençol branco, estava sobre uma mesa de mármore. Era o final da longa estada de Pedro naquele lugar, em que supostamente esteve internado.

O enfermeiro foi aproximando Sofia daquele espetáculo horrível. Diante do cadáver, aquela mulher linda se transformara em alguém sem viço, inteiramente apática. Ele levantou o lençol à altura do rosto de Pedro. Lá estava o meu primo inerte, sem espírito, talvez já com o corpo em decomposição. Sofia teve um ataque histérico. Gritou forte, quis abraçar o corpo, o enfermeiro a impediu e tentou consolá-la. Eu assisti a tudo e não senti nada. Tinha vontade de dizer que tudo aquilo era mentiroso. Contive-me. Maria Benedita se aproximou de Sofia e a abraçou. Sofia pareceu se sentir melhor. Ficou mais calma, soluçando ao lado do corpo de Pedro.

CAPÍTULO XXXVIII

—•⋅⋙⋘⋅•—

Todo aquele processo de despedida, o velório, a chegada de coroas, e de pessoas que eu nunca vi, o vestido e o véu negros de Sofia, o choro irritante de Maria Benedita, e os cumprimentos burocráticos e frios selaram aquele dia inacreditável.

Pedro foi sepultado. Sofia fez questão absoluta que eu fosse residir definitivamente com ela, e Maria Benedita continuou com a sua vidinha de prima subserviente, sem mostrar qualquer gesto de escrúpulo diante daquele quadro no qual o pintor é adepto da falta de vergonha. O mais incrível é que o diretor da escola não esteve presente. Não reconheci também nenhum aluno de Pedro. O professor de espanhol, entretanto, foi à cerimônia e mostrou o seu espírito de bom amigo.

A expressão "licença-nojo" sempre me soou ridícula e, me perdoem o trocadilho, nojenta. Ressalte-se ainda que eu não teria direito ao gozo dessa licença, pois, na qualidade de primo de Pedro, não me enquadrava nesse tipo de afastamento do trabalho.

Deixei correrem dois dias da morte e sepultamento de Pedro e fui à escola para ministrar aulas.

Encaminhei-me à sala do diretor. A secretária abriu a porta do escritório e o diretor pediu-me que entrasse.

O diretor inicialmente me pediu desculpas por não ter comparecido ao sepultamento de Pedro. Disse-me também que teríamos de assinar um novo contrato de docência para a disciplina. E que iria alterar a minha classificação de professor adjunto para professor efetivo. Assinamos o documento e segui para a sala de aula da primeira turma.

Já na sala de aula, os alunos me receberam como se me consolassem pela morte de Pedro. Perguntei-me a razão de nenhum deles ter comparecido ao funeral. Mas a sociedade é assim mesmo. A hipocrisia, geralmente, permeia as relações sociais.

Indaguei-lhes sobre o trabalho que lhes pedi para fazer em casa na última aula da disciplina. A maioria dos alunos foi colocando folhas avulsas sobre a mesa.

A aula transcorreu em calma, sem muitas discussões. A redação sobre o tema epistolar em *Brás Cubas* me causava extrema curiosidade. O que teriam escrito? Como desenvolveram o conselho de Brás Cubas para a mocidade de sua época? Como guardar cartas hoje em dia? Numa época de e-mail, Facebook, WhatsApp, Instagram? Bem, o problema era deles. Deveriam exercitar a sua visão de mundo e transportar a época de Machado aos nossos dias. Estava ansioso para ler as pérolas que estavam dentro daquelas ostras.

CAPÍTULO XXXIX

—•⟫⟨⟪•—

*Vês este livro? É D. Quixote.
Se eu destruir o meu exemplar, não
elimino a obra, que continua eterna
nos exemplares subsequentes e nas
edições posteriores. Eterna e bela,
belamente eterna, como está este
mundo divino e supra divino.*

Machado de Assis,
Quincas Borba, capítulo VI

A primeira aula terminara. Levei o texto para a secretaria e inseri as folhas escritas pelos alunos no meu escaninho. A próxima turma me esperava. No corredor passei pelo professor de espanhol, a quem abracei.

— *Hola* — ele me cumprimentou.

Virando-me, disse-lhe que teríamos de ver um tempo para organizarmos uma aula interdisciplinar. Ele alegrou-se e disse-me que hoje à noite em sua casa iria traçar alguns pontos interessantes de García Márquez na obra *Cem anos de solidão*. Achei ótimo que ele já fosse começar a pensar no assunto.

Entrei na sala. O mesmo protocolo usado pela outra turma foi adotado nesta. Aqueles gestos ridículos de pêsames. O rosto forçadamente triste de cada um. Eu perguntei-lhes sobre o trabalho que propus para a turma na última aula. Da mesma maneira foram entregando as folhas onde haviam desenvolvido o assunto. Fiz a chamada. Não houve sequer uma falta. Trouxe à baila a questão do humanitismo. Ninguém conseguiu fazer a relação daquela filosofia maluca com o cotidiano. Depois, caí em mim. Além de ser um assunto estudado em nível universitário, eu estava tratando com pessoas que só existiam ali. Quando eles supostamente saíssem da sala, provavelmente os seus corpos se desintegrariam na imaginação.

Assim mesmo, me desafiei naquele pesadelo. Resolvi entrar direto ao tema. Citei a fonte principal daquela pretensa filosofia: os dois primeiros livros da fase realista de Machado de Assis. No primeiro dessa etapa, Quincas Borba, que concebeu o Humanitismo, descreve as bases de sua filosofia para Brás Cubas no capítulo CIX do romance em diante. É em *Memórias póstumas* que Quincas introduz fortemente o leitor no âmbito do Humanitismo. Por exemplo: é no capítulo CXVII que Quincas expõe pormenorizadamente os princípios de sua filosofia, e, no capítulo CXLI, Machado insere outras questões a propósito de uma briga de cães.

Lemos os trechos mais significativos, relativos ao tema do Humanitas, e a aula prosseguiu com algumas participações interessantes. No entanto procurei não levar à exaustão o conteúdo do assunto, dada a baixa faixa etária da turma. Além do mais, o meu objetivo era levantar reações sobre a seita da qual Pedro havia comentado ao telefone, quando eu ainda estava em Salvador, e que foi o início do meu tormento. A aula terminou e senti saudades de Sofia.

CAPÍTULO XL

—•⟩⟩⟨⟨•—

*Umas coisas nascem de outras,
enroscam-se, desatam-se,
confundem-se, perdem-se, e o tempo
vai andando sem se perder a si.*

**Machado de Assis,
Esaú e Jacó, capítulo XLVIII**

Sofia me tratava com total indiferença. Desde a morte do meu primo, não nos relacionávamos sexualmente. Beijos e abraços não existiam mais entre nós. Lembrou-me uma expressão do Aires, escrita em seu *Memorial*: "Não há nada mais tenaz que um bom ódio".

Cheguei ao apartamento, ela estava na sala sentada no sofá, conversando com Maria Benedita.

— Já vou pôr seu almoço, senhor Jonas.

— Não se apresse, Maria Benedita. Eu vou tomar banho.

Abaixei-me para beijar Sofia. Ela ficou imóvel e eu a beijei no rosto. Fui ao toalete e a água quente da ducha me recebeu com glória.

Arrumei-me com bastante vagar, para ver se Sofia vinha até a suíte e poderíamos falar ou fazer algo. Um nada rotundo.

Fui à sala e Maria Benedita já havia arrumado a mesa. Percebi que somente o meu lugar estava posto.

— Não vai almoçar, Sofia?

— Já almocei.

— Não me esperou?

— Estava com muita fome.

— Está certo.

Esse gesto foi mais uma demonstração de como estava abalado o nosso relacionamento. Fiquei calado. Afinal de contas, aquilo não era real. Sofia era um ser da realidade paralela, como tenho dito desde que comecei a contar esta história inexistente no universo comum. Ela era apenas uma ideia. Uma ideia que me machucava, me lastimava, me dava prazer em tê-la junto a mim. (Não estou querendo tergiversar, caro leitor; o sofrimento não escolhe a mentira ou a verdade.)

Súbito, a campainha tocou. Maria Benedita se antecipou para abrir a porta, mas Sofia tomou-lhe o caminho e Cristiano Palha apareceu tomando todo o espaço da porta aberta. Sofia alegrou-se e pediu-lhe que entrasse. Não sabia se almoçava ou se mirava aquela cena desagradável e incrível.

— Boa tarde. Cheguei numa boa hora!

— Eu já almocei, mas Maria Benedita pode servi-lo, doutor Cristiano.

— Oh! Não, muito obrigado. Ainda é muito cedo para eu almoçar. Como vai, senhor Jonas?

— Vou bem —, respondi secamente.

— Dona Sofia, a razão da minha visita é vir me desculpar pela minha ausência no sepultamento do senhor Pedro. Tive que viajar e só ontem à noite pude retornar.

— Nada a desculpar, doutor Cristiano.

Era uma cena inusitada. Talvez pudesse traçar um paralelo com os personagens de dona Florinda e do professor Girafales, do *Chaves*.

Ficou um vazio de diálogo, como se Cristiano preferisse estar se desculpando em outro lugar, com os dois a sós.

— Bem, tenho que ir, dona Sofia. Obrigado por sua atenção.

— Mas eu gostaria de servir-lhe algo, doutor.

— Muito obrigado, mas tenho uma reunião com um cliente e já estou em cima da hora. Boa tarde a todos.

Nada falei, enquanto tratava de terminar o almoço delicioso preparado pela prima de Sofia.

— Tchau, doutor Cristiano, obrigada pela visita — disse-lhe Sofia, fechando a porta da sala.

Observei-a. Ela carregava no rosto a apatia de um manequim de loja feminina. Frio, representativo de algo que não era ela. Eu tinha certeza de que, mesmo sendo uma concepção literária, ela me amava. Caro leitor, receba minha loucura, como disse o Apóstolo Paulo.

CAPÍTULO XLI

A força da literatura não está no que se conta, e sim no estilo em que é contado.

Maria Rita Kehl

A minha cabeça dava voltas. As têmporas doíam. O almoço dava sinais de não ter caído bem. Sofia passou pela mesa onde eu terminara de almoçar e se dirigiu para a suíte. Nesse trajeto ela conduziu Maria Benedita pelo braço. Eu fiquei na sala como um estrangeiro que exibe seu passaporte no aeroporto para poder pegar seu voo. A questão era saber o que fazer dali em diante. Levantei-me, liguei o televisor, e um filme romântico, dublado e bem antigo, reprisado centenas de vezes, gastava o tempo dos espectadores, entremeando propaganda de venda de automóveis, massa de tomate, xampu e outros produtos, que para mim não tinham a menor importância.

O que conversavam Sofia e Maria Benedita lá dentro? Desliguei o televisor e fui escovar os dentes. Sofia estava no quarto onde ficava sua prima. Não consegui ouvir com clareza o que estavam conversando. Quando elas perceberam que eu me aproximava, diminuíram o volume das suas vozes.

Cheguei à sala e resolvi escrever alguma coisa com a finalidade de transpor aquele inferno, tornando-o mais palatável. *Que tal um texto para Sofia?*, pensei. Quem sabe se esse clima de repente pudesse se tornar menos causticante. Enquanto a minha liberdade não chegava, eu tinha que promover uma forma menos agressiva de suportar o tempo que circulava entre mim e essa terrível realidade. A atmosfera que me obrigava a viver entre o imaginário e a razão, não me permitindo dormir, obrigando-me a lidar com situações inusitadas, dava-me, por outro lado, a oportunidade de construir loucuras de gozo e bem-estar.

O próprio Machado escreveu certa vez que queria mal às ficções. Disse, por outro lado, que as amava e acreditava nelas. E segue adiante o bruxo: "Acho preferíveis às realidades. Grande sabedoria é inventar um pássaro sem asas, descrevê-lo, fazê-lo ver a todos e acabar acreditando que não há pássaros com asas".

Papel e caneta nas mãos, com Sofia na mente, escrevi-lhe então:

Sofia, meu carinho

Recolhi minha paciência, abandonei julgamentos, e revi meus medos. Pelas ruas irei procurando caminhos pelos quais eu possa fugir dos meus dias e das minhas decepções, e espalhar todos os meus segredos.
Depois, ficaríamos lado a lado como se no mundo fôssemos só você e eu. Eu colocaria então a ponta do meu dedo na lua e a traria só para nós caminharmos no Mar da Tranquilidade, como fizeram os primeiros astronautas nos anos 1960. Fincaríamos

a bandeira da paz, e o nosso lema seria a fantasia do início de novas gerações. Não se surpreenda, porque para mim, que sou poeta, a realidade é aquilo que não existe.

Com amor
Jonas.

Deixei o texto sobre o sofá e saí do apartamento. Resolvi caminhar aleatoriamente. Faria bem para o meu corpo (será que o teria?). A endorfina e a serotonina, quando se pratica a caminhada, proporcionam bem-estar, e trazem ideias criativas, bons pensamentos, bom ânimo. Sempre me preocupei com exercícios cardiovasculares. Em Salvador chegava a correr diariamente. Depois que você termina, parece que houve liberação de sensações agradabilíssimas ao corpo. Curiosa essa lembrança agora. A insanidade sempre provoca ilusões e sonhos impossíveis. Continuei caminhando sem rumo, mas com aqueles olhos azuis aflorando sempre na minha particular realidade. *Será que esses sonhos podem apresentar alguma lucidez? Um sonho lúcido?* Já estou divagando. Quero é, num dado momento, dar de frente com a porta de fuga dessa insensatez. Quando vejo Sofia, parece-me que não quero mais sair desse ambiente irreal e retornar ao que eu era.

A questão é que eu já sobrava na vida de Sofia. Após a morte de Pedro, tive a nítida impressão de que ela me matara também.

Já estava caminhando de volta, um pouco suado e próximo ao condomínio. Um pensamento tomou minha mente. *Será que Sofia leu o que escrevi? Será que o texto a sensibilizou? Quem sabe estivesse sentindo minha falta, querendo minha presença ao seu lado!*

Fui me aproximando cada vez mais perto do condomínio e me deparei com uma viatura da polícia com luzes azuis e vermelhas girando na capota do veículo. Estava estacionada do outro lado da calçada do prédio. Não havia nenhum policial dentro da viatura. Aquilo me causou estranheza. Por que a viatura estaria com as luzes girando se não havia ninguém dentro dela? Olhei para o prédio, visualizei as varandas e não havia nenhum movimento que pudesse indicar alguma ocorrência.

Entrei no prédio. Fui na direção do elevador. Um policial fardado saía dele e me cumprimentou educadamente. Pouco depois a viatura se deslocou calmamente pela rua e dobrou à direita. Era o trajeto normal de quem se encaminha para o centro da cidade.

Entrei no apartamento. No sofá estavam Sofia e Maria Benedita. Havia uma xícara de café sobre a mesa do centro. Maria Benedita, ao me ver, recolheu-a e levou-a para a cozinha.

Sofia estava com o texto que escrevi nas mãos. Olhou-me com aquele sorriso azul e me abraçou.

— Obrigada. Te amo.

Meu coração batia rápido. Eu e Sofia ali parados, colados, com os corpos querendo adentrar um no outro. Sentia as mãos dela escorregando pelas minhas costas e as minhas descendo pelas suas. Nossos rostos colados pareciam não se soltar jamais.

Maria Benedita, interrompendo aquele lindo gesto de amor, veio falar-me sobre a visita do policial. Imagine a vontade que tive de falar um palavrão daqueles. Entretanto, resolvi ouvi-la.

— Pois é, senhor Jonas, quando o senhor Pedro foi baleado, foi aberto um registro de ocorrência na delegacia. E até hoje eles continuam nas diligências, mas não encontraram suspeitos. O policial veio confirmar algumas informações importantes para prosseguirem no processo.

Eu não ouvia nada. Só me importava com Sofia, com a sua mudança, com a alegria que de repente saiu do seu rosto e me atingiu em cheio. Seus lábios vermelhos massageando loucamente os meus lábios, seus cabelos como um manto e os seus olhos como o próprio céu. O restante para mim nada representava, não tinha o menor peso. Sofia se revigorou, restabeleceu a sua natureza calma e amante. Eu não queria saber nada de Pedro, mas compreender Sofia, amá-la, e girar o mundo guiado por ela e seus olhos azuis.

CAPÍTULO XLII

—·⟫ ⟪·—

Si algo nos ha enseñado la historia es que se puede matar a cualquiera.

Mario Puzo

Estávamos deitados. Sofia usava uma lingerie de seda vermelha, que parecia contracenar com a sua pele, olhos e cabelos. Seu perfume e seus gestos desenhavam o ambiente para o mais louco amor. Foi quando, em um ato impensado, que me provocou perplexidade, Sofia, olhando para o teto, disse-me tranquila e ingenuamente:

— Amor, queria falar com você sobre a missa de sétimo dia de Pedro.

Todas as cores em Sofia se transformaram em cinza. Um chocante cinza, de decepção, desgosto e frustração. Por que aquela mulher, num momento extremamente aconchegante, teve a coragem de quebrar aquele ambiente para falar de Pedro? De missa de sétimo dia?

Nada falei. Fez-se silêncio entre nós. O que eu deveria fazer? Compactuar com aquele diálogo que ela tentou iniciar, com aquela idiotice mórbida?

Sofia ainda prosseguiu:

— Sei que é um assunto desagradável, mas é necessário que falemos nele.

Levantei a voz e argumentei:

— Sofia, missa de sétimo dia? Pedro era ateu, eu sou ateu, os pais de Pedro eram ateus. Como celebrar missa de sétimo dia?

Sofia deu um salto da cama, indignada, e trancou-se no toalete.

— Que merda! — exclamei.

Sofia demorava, e os minutos passavam velozes. Levantei-me e bati na porta do toalete. Nada! Resolvi tentar abri-la. A porta foi lentamente sendo aberta e Sofia estava deitada na banheira. Seu rosto estava irreconhecível. Aquela linda mulher apresentava agora um outro aspecto: um misto de ódio, desespero e tristeza. Cheguei perto dela e estendi-lhe as mãos. Ela permanecia como estava.

— Sofia, por favor, vamos conversar. Talvez eu tenha sido deselegante. Venha, vamos para a cama.

Ela foi ficando calma e concordou comigo. Foi se levantando e deixou-se levar pelos meus braços. Deitou-se e por fim repetiu tudo o que havia dito anteriormente.

— Jonas, isso não é questão de religião. Faz parte da tradição. É um momento em que as pessoas que não puderam estar presentes no sepultamento possam confraternizar, ou até pedir desculpas pela ausência.

Aquilo que eu estava ouvindo tinha um certo sentido. Pensei, pensei, e deixei pra lá. Eu iria, havia decidido.

— Tudo bem, Sofia.

— Então é daqui a quatro dias? — atalhei.

— Sim, vou começar a fazer uma lista de nomes e depois convidá-los para a cerimônia.

Novamente as feições de Sofia voltaram a ter aquele encanto habitual. Olhamo-nos como amantes, porém a noite não se transformou em festa. Como sempre, não consegui ter sono, e Sofia dormia lindamente ao meu lado.

CAPÍTULO XLIII

—◦❧ ❧◦—

*A morte é um fenômeno igual à vida;
talvez os mortos vivam.*

Machado de Assis,
Esaú e Jacó, capítulo LX

Os dias correram. Chegou o da tal missa. Cerimônia que, para mim, não tinha nenhum valor, já que Pedro, analisando pelo aspecto racional, "estava entregue aos vermes", e os vivos é que tinham importância nessa vida louca.

Fui com Sofia e Maria Benedita, religiosa até a planta dos pés, com um véu negro cobrindo-lhe a cabeça, envelhecendo-a e dando-lhe um aspecto fúnebre.

Estávamos sentados no primeiro banco à esquerda do templo. A igreja estava lotada, o que me surpreendeu. Havia a presença de muitos alunos, do diretor da escola, gente que eu nunca havia visto. Por fim, dei de cara com Cristiano Palha.

A visão desse homem me deixou profundamente irritado. Eu o olhava com desprezo, e ele, com aquele sorriso estranho, malicioso e irônico, ainda teve a coragem de me cumprimentar. Como Machado teve a coragem de conceber uma criatura torpe daquele jeito?

Volvi minha cabeça para o outro lado, enquanto Sofia sorria para aquele ser asqueroso, falso e irreal. Olhei seriamente para ela, mas ela não conseguia perceber a sutileza do que ocorria.

Repreendi Sofia energicamente:

— Pelo menos fique séria. A cerimônia exige uma conduta digna. Palha não presta. Ele é um aproveitador. Eu exijo que tome uma atitude clara, rompendo relações pessoais com esse ser abjeto e desprezível. Soube da visita que ele fez ao Pedro para consultar o diretor sobre a data da alta que ele possivelmente teria. Com que objetivo esse calhorda iria querer saber da saúde de Pedro?

Sofia me olhou perplexa. Eu continuei falando, ela baixou o olhar e todos ao nosso redor começaram a cochichar.

A reação de todos os presentes causou um caos na pretensa missa, que deveria ser séria e solene.

Sofia ficou paralisada. Nada falou. Seu rosto estava pálido, abatido. Seus olhos estavam opacos. Eu me calei. Já falara tudo o que tinha guardado. O padre continuou a cerimônia como se nada houvesse acontecido. As pessoas ficaram silenciosas, prestando atenção à homilia. Na rua havia uma concentração estranha de pessoas. Alguns que estavam na missa na parte de trás do templo foram ver o que acontecia. Sofia estava concentrada nas palavras do oficiante, como se nada diferente acontecesse. Olhei na direção do Cristiano Palha e não o vi. Reparei que algumas pessoas ainda entravam no templo, algumas conversando deseducadamente. Postavam-se pelos lados do templo. Era muito esquisito o que estava acontecendo. Tive um forte pressentimento de que algo obscuro estava sendo tramado com grande intensidade ao meu redor.

Acabada a missa, Sofia manteve-se parada em um lado da igreja, como é hábito nessas missas, e formou-se uma fila para cumprimentá-la. Eu me pus bem distante. Não queria participar daquela dissimulação. Não vi o Palha. De repente, do movimento daquelas pessoas, vi Pedro se deslocar no meio delas. Era ele, juro, caro leitor. Era o meu primo em carne e osso — bem, talvez eu esteja exagerando na descrição do seu "corpo". Procurei Sofia no início daquela fila e ela já não estava mais lá. Pedro se esvaiu como uma nuvem que passa. Fiquei tonto, como se minha pressão sanguínea tivesse caído. Súbito, fui ao chão. Bati com a minha cabeça na extremidade de um banco, fazendo um corte profundo na testa. As pessoas tentavam me socorrer, mas não deixavam que o ar circulasse. Nesse momento surgiu uma pessoa que eu conhecia. Sim, eu o conhecia. Era Pedro, justamente Pedro, que procurava me levantar, ao mesmo tempo em que eu secava com um lenço o sangue que descia de minha testa. Aquilo era muito louco, mas não interferi. Deixei Pedro cuidar de mim. Senti claramente sua voz. A mesma voz. Aquela que ouvi em Salvador, a mesma maneira de mexer a cabeça, de mover os olhos. Era ele, o meu primo Pedro. Fui me restabelecendo aos poucos enquanto uma viatura da polícia chegava à porta da igreja. De dentro do veículo saía o mesmo policial que vi sair do condomínio do edifício de Pedro. Por que o policial apareceria ali? A vontade era de correr. Estavam querendo me assassinar. A ficção tomou definitivamente as rédeas da minha vida. Eu virei literatura. Estava perdido no meio da linguagem. Uma grande floresta de ideias, sonhos e mentiras foi armada para que eu ficasse ali confinado para sempre. Gritei: não! Um não rotundo que deixou a todos abalados. Fui me levantando amparado pelo policial e Pedro. Procurei Sofia. Ela não estava mais lá. Sentei-me num banco. O policial trouxe uma caixa branca com uma enorme cruz vermelha na tampa, abriu-a e injetou-me algo que me deixou atordoado. Pedro me olhava apreensivo. Em que lado do universo paralelo eu estaria para passar por tudo aquilo? Fui me levantando para sair daquele lugar. O padre passou a mão na minha cabeça. Senti um frio correr pela minha espinha. Onde se meteu Sofia? Fui chegando próximo à saída do templo. Coloquei um pé na calçada e senti um calor no peito, do lado direito, na altura da omoplata, depois outro calor acompanhado por uma dor que quase me fez perder a respiração. Olhei de onde vinham os disparos e vi Cristiano Palha com um revólver ainda querendo desfechar mais tiros. O policial jogou-se contra ele, mas aquele advogado perverso conseguiu fugir correndo feito um fundista.

Senti-me perdendo os sentidos. Estava morrendo. Assassinado por Cristiano Palha, marido de Sofia Palha, personagens de *Quincas Borba*. Era o caos. Entreguei o meu espírito.

CAPÍTULO XLIV

—•⊰ ⊱•—

*O tempo é um tecido invisível em
que se pode bordar tudo, uma flor
um pássaro, uma dama, um castelo,
um túmulo. Também se pode
bordar nada. Nada em cima do
invisível é a mais sutil obra deste
mundo, e acaso do outro.*

Machado de Assis,
Esaú e Jacó, capítulo XXI

Abri os olhos. Estava deitado na minha cama. No meu apartamento. Custei a acreditar O teto era o mesmo. Ao redor, os móveis eram os mesmos. Olhei para a porta do quarto, era a mesma. Vi meus livros posicionados verticalmente na estante, pois não havia mais espaço para tê-los organizados horizontalmente. Havia uma baianinha vestida de branco com uma cesta nas mãos. O cenário era o mesmo. Eu havia voltado à realidade. Havia sido um pesadelo angustiante. Uma alegria tomou-me intensamente. Estava muito quente e eu estava suando. Levantei-me daquela cama da qual estive ausente em espírito, vivendo momentos terríveis. Fui à janela confirmar a paisagem. No meu rosto não cabia tanta alegria. Estava na cidade de Salvador. *Bahia, terra da felicidade.* Perguntava-me sobre a razão de todos os pesadelos serem assim tão estúpidos. Ficamos isolados do mundo e, de repente, voltamos novamente ao corpo e somos aquilo que éramos antes de sonharmos. Meus pensamentos gravitavam agora em torno da verdade, da certeza de que o meu mundo voltara.

Passava as mãos pelo corpo, pela minha testa, sentia o chão do meu quarto como se andasse na neve, ia de um lado para outro para marcar posição na realidade em que eu tornava a viver. Estava bastante feliz, exultante, livre, no melhor dia da minha vida.

Me dirigi à janela, abri bem as cortinas, o sol estava lindo, o dia azul e as águas do mar me gritavam. É Pituba, Jonas, é Pituba. Olhei o marco que dava nome ao lugar lindo de Salvador e fiquei assim por uns bons momentos.

Fui à estante e acariciei os meus livros. Abria-os aleatoriamente. Ia à janela e inspirava o ar que vinha de fora, da minha Pituba, onde eu vivia, e de onde fui tirado em meio a um terrível pesadelo. Eu estava a salvo.

— Aflições daquele tipo nunca mais — exclamei.

Tinha passado por um apavorante tormento. Dias e mais dias inseridos numa só noite de sono. Esse terrível pesadelo foi além da imaginação. O sofrimento vivido foi extremamente profundo. Essas manifestações extrassensoriais devastaram minh'alma. Parece que corri uma maratona e não conseguira alcançar a fita de chegada. Todavia eu comemorava o retorno. Estava em casa novamente, embora dela nunca houvera saído – era um cruel paradoxo. Teria agora que acomodar as novas circunstâncias ao meu espírito, ficar mais calmo, introduzir positividades, ordenar os meus pensamentos, para poder resistir aos efeitos colaterais da crise emocional pela qual passei.

Observei atento o corredor que me levava à sala. Veio-me à mente o sofá do apartamento de Sofia e Pedro. Meus móveis eram mais simples. A tela do televisor, a mesa com quatro cadeiras, as cortinas sendo acariciadas pelo vento que entrava na sala. Lembrei-me da varanda da sala de Sofia e do corpo do rapaz projetado ao espaço. Meu apartamento não tinha varanda. Era uma simples janela. Fui à cozinha e abri o refrigerador. Estava abastecido. Tomei um copo d'água. Comi uma banana-prata, e continuei desfrutando da liberdade que voltei a conquistar. Uma porta no corredor bateu. Era aquele vizinho barulhento que não tinha paciência em fechar lentamente a porta do seu apartamento e sempre causava um barulho constrangedor. Porém, naquele momento, o som era maravilhoso. O barulho era um sinal da vida, da alegria, da verdade, da felicidade. Afinal, eu estava livre daquele pesadelo.

O banho que agora tomava estava refrescante. A ducha amaciava a minha pele com um fluxo de água forte e regenerador. O perfume do sabonete líquido se assemelhava ao que usávamos na suíte do apartamento de Sofia. Mas chega dessa agonia.

Saí do box do banheiro, enxuguei-me e olhei-me ao espelho. Era eu mesmo, Jonas, que transou com a mulher de Pedro em Barbacena, e meu primo, que nem casado era. Teria que sacar todo esse pandemônio da minha mente. A ideia de escrever um livro ocorreu-me de imediato. Uma intertextualidade com *Quincas Borba*, narrando o que me afluiu no pesadelo, uma leitura de mundo sob a égide do realismo mágico.

Fui me vestir. Teria um dia repleto de aulas sobre literatura na universidade onde sou professor. Era uma alegria olhar minhas roupas e não as do falso Pedro.

Enquanto me vestia, vinha-me aquele sentimento angustiante que me atormentava sempre que eu me via sem poder controlar a minha vida e sua efemeridade. Machado chegou a comparar o tempo como "um rato roedor das coisas, que as diminui ou altera no sentido de lhes dar outro aspecto".

Tomei um copo de leite, comi uns biscoitos, peguei minha mochila e parti alegremente em direção aos meus verdadeiros alunos. O elevador custou a subir ao meu andar. Afinal, chegou e saiu dele o Siqueira, um chato de galocha que falava pelos cotovelos.

— Olá, professor Jonas, bom dia. Esta noite sonhei contigo. Está tudo bem?

A porta do elevador já ia fechando. Impedi-lhe que cerrasse. Entrei no elevador ansioso em me livrar do vizinho e desci para o térreo. Ainda parou no terceiro andar, onde entrou uma senhora com seu filho barulhento. Cumprimentou-me alegremente. Eu realmente estava vivo. Todos me reconheciam.

Andar térreo. Deixei que aquela senhora saísse do elevador e em seguida fiz o mesmo. Havia uma mulher esperando para subir.

— Jonas — dirigiu-me a palavra. Era Sofia.

FONTE Janson Text LT Std
PAPEL Pólen 80 g/m²
IMPRESSÃO Paym